弾丸列車

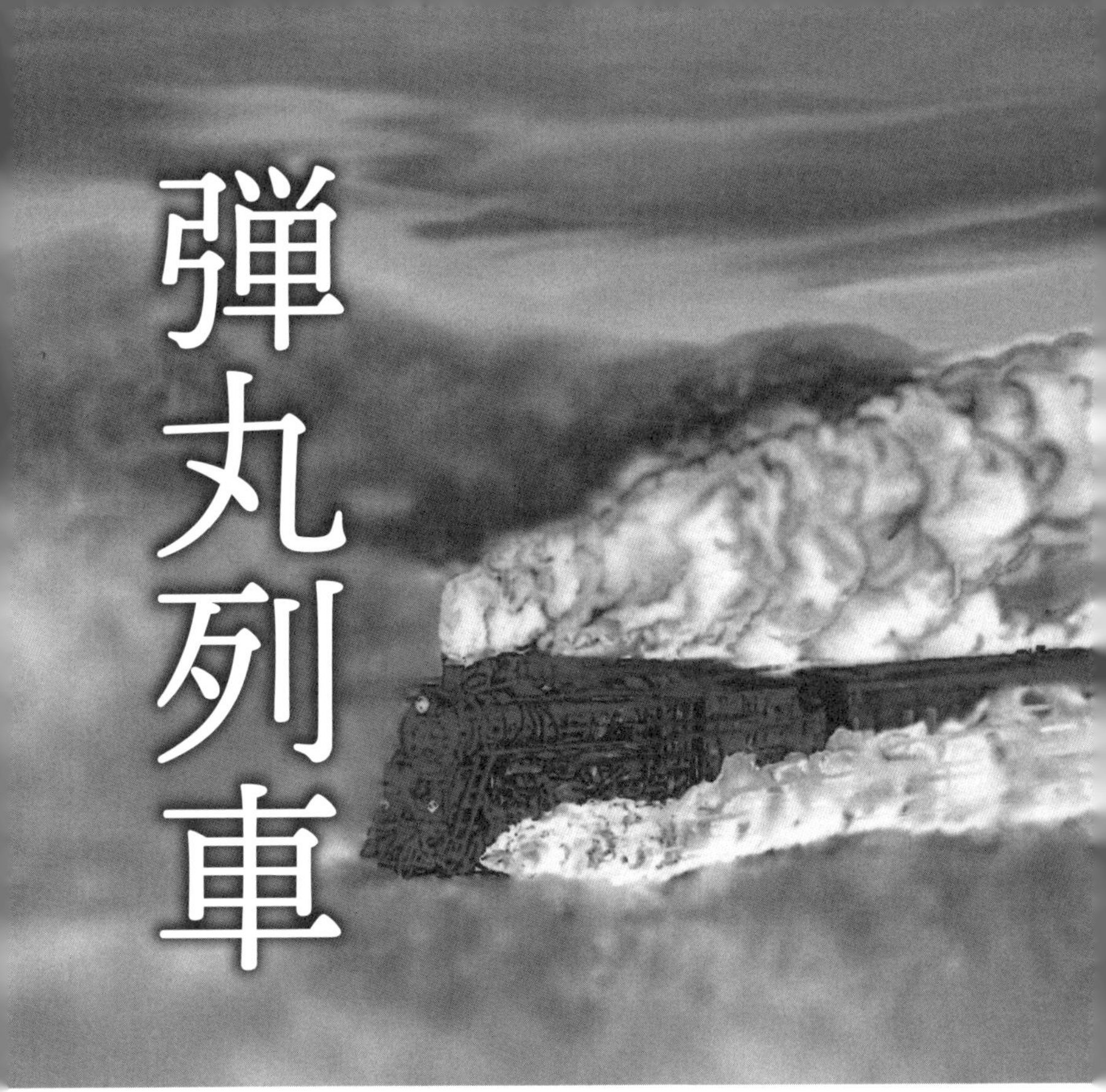

平之内 泰子
HIRANOUCHI Yasuko

文芸社

目次

はじめに

　これから書く『弾丸列車』は、無防備に、あるがままに生きてきた私の八十六年にわたる自分史である。

　あと二年で米寿を迎える人生の最終章、追憶の糸をたどりながら『平之内泰子』という一人の女が歩いてきた八十六年間を克明に、ありのままの思いを原稿用紙に書き綴《つづ》る。

　二十六歳の時に右股関節機能全廃四級になり、緑寿《ろくじゅ》（六十六歳）と古希（七十歳）の合間で脂質異常、アテローム血栓性脳梗塞、高血圧症ほか、今や両手に余るほどの病のために、月に六回から七回も検査や診察に通う。万難に挑んで新羅万象、生きていける私。

　経済的にひっ迫し行き詰まり、四十数年も続く精神的病気に加え、肉体的な欠陥で一日数時間しか集中できないが、ペンを持てば、その先に新たな明日が見えるかもしれない。忌わしい過去に傷つき、消せない記憶を引きずりながら生きてきた長き日々だが、残り少ない命、その一回限りの人生を大切に生きよう！

　一時は自暴自棄の生活を送っていた私。

「神仏は試練に耐えられない者に試練を与えません。人間の弱さ、優しさ、美しさ、悲しみ、痛み、残酷さ、すべてを兼ね備えているからこそ、君は一人でも力強く生きてこられた！」と、いつか誰かに言われた。

女ひとり六十年の歳月、その縮こまり傷ついた心と身体《からだ》は厳しい風雪に耐え、萎えた右足を庇《かば》い、自らを抱えながら励まして歩いて来た道程は、まさに砂上の楼閣に住む孤客であり、ここまで命を紡ぎつなぎ生きてきた今、いつか皆等しく迎える死を見据えて……。

私の一生は、『インシャーアッラー』（神様の思し召すままに）。

泰子拝

令和六年四月二十三日

私のおいたち

私が三歳になる昭和十六年（一九四一年）正月三日、母は妹と共にお産で亡くなったが、母の優しい眼差し、乳の匂い、抱き締めてくれた胸の温かさは、令和五年正月七日で齢《よわい》八十六になる今も覚えている。今も、これからも、三人は一緒に息づいて生きる運命共同体だ。

兄たちは学校へ行っていたので、三歳児ながら昼間は一人ぼっちだった。その逆境は、私自身を自然に鋼《はがね》のような強靱《きょうじん》な心身に鍛《きた》え、戦前、戦中、戦後の苛酷な苦難を体験しても這《は》い上がることを学ばせた。

小学一年生、六歳の時、預けられた祖母宅の野毛山で横浜大空襲に遭遇。点々と移り住む家も戦火にのまれ、野良犬のように食事を求めた日々。朝日新聞社に勤務していた父が赴任先の中国北京から迎えに来て、Ｂ29爆撃機からの無差別攻撃、焼夷弾《しょういだん》をかいくぐり、やっと北京にたどり着いた。

その夢の楽園も、昭和二十年（一九四五年）八月十五日の終戦により一変し、安住の地ではなくなって、やっと祖国日本へ引き揚げることが！

横浜大空襲で焼け出され、中国北京からも引き揚げ、二つの負の経験を背負い荒廃した戦後の社会で苛酷な運命と惨めさを身に焼き付かせた心身だからこそ、平和な日本の今に生きるＺ世代の君たちに読んでいただきたい。そんな思いで、両手に余る病に鞭《むち》打って、痛みしびれる手を動かして、悪戦苦闘し走り抜いた八十六年間を悔いのないように、ここに書き綴った。

昭和四十八年（一九七三年）、安保闘争で世の中が騒然とする時、一歳になった我が子を、養子に行った三兄宅へ一ヶ月二十万円を支払って預け、夜の銀座で働いた。子の行く末を思い湯河原の地へ一年間逗留《とうりゅう》もさせたが、私が歩いた過去と重なり心の中で謝り続けた。

子にとってただ一人の親である私は、子に渡すために生命保険を自らに掛けた。生きることに疲れた還暦過ぎ、自死を考えた日々。医師に処方された薬の副作用で横紋筋が断裂したが、外部にSOSさえできず、三日三晩、唾液を垂れ流し続けた。

そしてコロナ禍の七月からは八つの科へ通院し、心身は極限の中、〝しんどさ〟を原稿用紙にぶつけた！　自分の経験を通して、言葉として残したい、と書いた。

ゲーテの詩にある。

『大いなる誠実な努力も
ただ、たゆまずしずかに続けられるうちに
年がくれ、年が明け、いつの日か、
晴れやかに日の目を見る』
（内藤道雄氏訳）

初めは遺言書として書き留めた〝弾丸列車〟。

子に見せぬうちに年月が過ぎ、日記に書いたことを元に再びペンを走らせたこの本……文芸社様の方々の息吹《いぶき》により一冊の本になった。

二〇二五年は、日本の戦後八十年になる年。太平洋戦争の負の二つ（横浜大空襲に遭遇したこと、中国からの引き揚げを経験したこと）を持つ私は、今世界中で戦争が起こり、テレビから配信される戦場を見るにつけ、六歳児の自分をそこに見る思いがする。世界が一つの地球人として仲良しになることを語り部として祈る。

〝弾丸列車〟は、時代がいかに変遷しても果てしない希望を求めて、茶寿（一〇八歳）を目指しまだまだ走る。

Z世代の君たちへ！

令和六年（二〇二四年）の干支《えと》の〝辰《たつ》〟は、時刻では午前七時から九時頃。〝辰〟は夜明けの意味。〝弾丸列車〟は夜明けを迎え茶寿（一〇八歳）に思いを馳《は》せ、限界を考えず昇りゆく太陽に向かい……一直線に進む！

Z世代の君たちは、SNSを通して広々とつながる世代！　大きな可能性を秘め、これからの時代をつないで主役となり、日本を、いや世界をリードしていってほしい。君にしかできないことを。

思えば誕生した昭和十三年（一九三八年）は、世界では経済恐慌の嵐が吹いた（一九三〇年代全般）。軍国主義の暴走も始まっていた時代。

昭和二十年（一九四五年）八月十五日で、日本人はやっと軍国主義から自由の道へと進むことができた。その戦火の中、父は新聞社から北京へ単身赴任させられ、昭和十九年（一九四四年）秋に兄妹を迎えに帰る。しかし、戦後の最後の引き揚げで着の身着のまま天津に集結して長崎県佐世保港へ着き、やっと祖国日本に帰国した。

日本人で横浜大空襲と、中国北京からの引き揚げを両方経験した者で今も生きているのは、おそらく私だけだろう。だから、そんな昭和の戦前、戦中、戦後、平成、令和に生きている私からのメッセージを今、書き留めておきたい。戦争がいかに無残で、弱い立場の人々が泣き寝入りさせられ、孤独に苛《さいな》まれて救われずに沈んでいくか。それをZ世代の人に是非、読んでいただきたい！

幼少期からインターネット、ＳＮＳに慣れ親しんできたデジタルネイティブ世代とは、対話の仕方、話し方はおのずと違うが、だからと言って距離を置くのは人生としてもったいない。私から君たちに近づき、この〝弾丸列車〟が縁になれば……と。

今、世界に目を向けると、各国で発生する大雨の増加、集中豪雨をもたらす線状降水帯、カナダ、チリなどの森林火災の深刻化などの、気候変動の危機を乗り越えるため、各国が連携して「パリ協定」や「環境」を柱の一つに据えたＳＤＧｓ（持続可能な開発目標）に取り組んでいることは、私の経験した世界の危機と重なる。ますます生きづらさが……でも君たちならそれを乗り越えていくエネルギーがあると思う！　生きるパワーが完璧だと私は思っている。

ガンバレ、Ｚ世代！

時代とともに、人々を取り巻く環境も、気質も変化する。その変化に私は時々戸惑う。Ｚ世代の方々の言葉に即応していく智慧《ちえ》を私も日頃から蓄え、そして寄り添い、今まで以上にコミュニケーションを、と思う。

私との年齢差は天と地ほどあるが、老人でなく一人の人生の先輩として付き合ってほしい。そしてこの〝弾丸列車〟の物語の行き着く先、二〇四六年の目的地を見定めてほしい！

二〇四六年とは、私の〝茶寿〟の年。その間、〝一期一会〟で出逢った人々と私の人生を紡いでいきたい。

人は人との関わりの中で磨かれていく。Z世代は悩み多き時にいる。行き詰まり、スランプが来ても、誰しもが何度も経験する青春の苦闘であることを心にとどめ、現実から目を背けるのでなく、嵐が過ぎ去るのを待ってほしい。

あと四年で九十歳の私。数多い病でガタガタ、ボロボロながら、茶寿の目的地に向かう〝弾丸列車〟。若い若い君たちには輝く明日がある。

〝弾丸列車〟の由来

〝弾丸列車〟とは、昭和の戦前に、東京駅から下関、朝鮮半島を北上し中国北京へと続く壮大な新線計画があり、その計画で走る予定だった列車の呼び名。計画は順調に進んでいたが、太平洋戦争による時局悪化で中止になった。戦後、日本が落ち着き、弾丸列車計画による技術の蓄積は東海道新幹線の原動力となり引き継がれていったと聞く。

無鉄砲にがむしゃらに自分の八十六年間を突っ走った私の心の奥にあったのも、まさに列車との関わりだった。幼い日、父に手を引かれB29爆撃機からの無差別焼夷弾の嵐、その唸《うな》る猛火の中をかいくぐり、東京駅から中国北京へ！

北京から焼け野原の瓦礫《がれき》の山と化した東京へと引き揚げた時、夢多き少女時代の親友の実家が私のふる里？　いつも彼女に寄り添って、春・夏・冬休みは東京—博多間をさくら・みずほ・はやぶさ・あさかぜ・あそ号で数限りなく往復した。女になった時も彼を追って、何度も二本のレールを、弾丸になって、火の玉のごとく。

引き揚げ寮

昭和二十二年（一九四七年）秋、稲城村（現、東京都稲城市）大丸六三〇番地の引き揚げ寮に着の身着のままの身体を休める住居を得た。私が九歳の時だった。

戦後の混乱の中で衣食住のうち衣と食のために、父は当時中学生の長兄と立川米軍基地に日雇いの仕事にありつくことができ、命をつなぎ止めた。父は寮の民生委員のボランティアになると、同じ頃、村会議員になり、加えて虎ノ門に〝荒物卸〟の店を開いた。

三つの仕事を行うのは八面六臂《ろっぴ》のすさまじさで、疲れを癒やすお酒は今日のような高級な酒ではなくメチルアルコール。身体に悪く徐々に影響が出てきた。

会社の近くのＪ病院に二週間入院したが検査も進まず、身体は日ごとに麻痺《まひ》していく。東大病院へ転院して個室に入り、首筋から背中にかけて三十センチの切開手術をした。主治医の先生は毎日父の個室に来て、当時東大病院の酸素ボンベ使用量の記録を持つ父に手厚い診療をしてくれた。

その甲斐あって呂律《ろれつ》も少しずつ回復、麻痺はあるものの杖《つえ》を突き、ぎこちなくても歩けるようになった。

虎ノ門と稲城の間の通勤は無理なので、父の後添いで新婚のリウさんと会社の一室で生活し、リハビリを兼ねて近くの日比谷公園を散策したが、その途中、遊具で懸垂や体操を行っているうちに、体力も徐々に回復してきた。

入院生活が長期にわたり、創立した会社の立て直しを図るために荒物卸会社の目玉商品に、社名の〝睦〟の名を冠した「睦衛生雑巾」の実用新案を特許庁に申請、特許を取得して会社を立て直した。

成功はしたが、その陰で寮に残された兄妹の生活は今日のヤングケアラーと同じ。中学二年生時に私立から村立中学へ転校した私が一家の主婦？　三食の食事の買い出し、食事の仕度、掃除、洗濯……電化製品のない時代、手は皹《あかぎれ》！　今日のZ世代の方には想像を絶する環境の中での暮らしだった。

父と養母リウさんとは別に暮らしていた私たち兄妹三人は、一日一〇〇円で三食を考えて作る日々。勉強はせず、一人孤独の中で右往左往する一年間だった。ある日、些細《ささい》なことで長兄と喧嘩《けんか》をした私は、虎ノ門の父に救いを求め稲城を後にした。

中学校三年で港区立愛宕《あたご》中学へ三度目の転校。親友もできず、私の心を癒やしてくれたのは近くの映画館だった。

青春　西海の幻

中学一年になると私立の学校へ入学した。南武線の大丸駅から満員電車に揺られ溝ノ口駅まで通学した。乗り遅れると一時間もホームで待つ身、必死で小さな身体で大人の間にうずくまり、我慢した。

二年生の春には、父の病がはかばかしくなく退院もできず、泣く泣く地元の村立稲城中学へ転校。三年生になる前、長兄と喧嘩の末に父とリウさんの住む虎ノ門へ転居し、区立中学校に転入と三度も学校を変わった。勉強にもほかの生徒にもついていけず、親友もできず、虚《うつ》ろな毎日を送った。

そんな私の唯一の楽しみは、月に一度のおこづかいで映画を観ること。映画館をはしごし、自らを慰めた。当時、地下鉄銀座線の新橋駅構内にあった「新橋メトロ映画劇場」に行くと、壁はひび割れ、廊下はへこみ、便所のアンモニアの臭いが客席まで漂い、足の下からは地下鉄の走る音が聞こえていた。劇中でお姫様が怪盗にさらわれると、手にしたアンパンやせんべいをギュッと握りしめ、美男剣士が助けに来ると館内から一斉に拍手が起こる。今では考えられない場末の劇場の、遠い遥《はる》かな夢の中の記憶。

勉強もせず、暗い映画館の中が孤独な私の安らぐ居場所だった。そんなわけで世田谷区にあった高校へすべり込みで入学。しかし高校生とは名ばかり、授業も受けず『実習』と称してデパートの売り子として働く毎日。とうとう親に、将来のために良くないと、強引に家の近くのI学園に編入させられた。

その学園では私の席の近くに麻理がいた。彼女は弟と二人で福岡県飯塚から上京、乃木坂に住んでおり、父親は昭和三十年（一九五五年）頃、長者番付では日本で十一番、九州で二番、福岡と佐賀両県で一番の炭鉱王だった。春・夏・冬休みは、ふる里のない私は麻理について彼女の実家に行き、家族の一員として暮らした。しかし私の養母は、茶菓子の一つもおみやげに持たせなかった。

貧しい私を彼女の両親は我が子と同じように可愛がってくださった。一間に親と子が寝起きしている私とは異なり、門から玄関まで両側に桜並木が続き、大きな門扉、門標に目を見張った。庭も隅々までよく手入れされ、春の声を聞くと石灯籠の横の木蓮《もくれん》が葉に先立って赤茶色、白色の大形の花を付け、辺り一面に馨《かぐわ》しい薫りを漂わせた。

あの薄暗い映画館の中で見た「劇中のお姫様のお城」と同じだった。この時、私は麻理との家格の違いを、あらためて認識した。でも彼女は裕福なお嬢様にありがちな我がままはなく、優しい美少女だった。

麻理と麻理の弟、二人の妹と飯塚から八木山峠をジープで博多に出て、志賀島、名島のZ家の別荘で夏は人魚になり、青白く澄みきった海底の貝がらを採ったり、泳いだりした。見渡す限り果てしなく続く水平線、白い焼けた砂浜は私たちの足跡以外何もなく、風のために松林がゆれて光る……。言葉では言い尽くせぬ風景。天国に一番近い美しい場所と今も思っている。

冬休みは硬山《ぼたやま》（選炭したあとに残る石や質の悪い石炭を積み上げた山）で遊び、麻理と弟の三人でカンテラを提げ、坑道をトロッコで地底に向かい、地下二〇〇メートルに発破を仕掛けて岩石、石炭を爆破する様子を見たりした。山は神聖さを保つために女の入山は禁止だが、麻理も私もまだ十五歳なので坑夫は地底を案内してくれた。

昭和三十一年（一九五六年）頃は、飛行機に搭乗できる人はほんの一握りで、ましてや子供が乗るなんて考えられない時代。羽田―福岡間をプロペラ機で雲海を眺めながら食事をした想い出などは、おじさまに感謝だ。おばさまには梅の咲く太宰府、二日市温泉の大丸館に家族と一緒に連れていっていただき豪遊をした。

Z家の前に勝盛公園があり、春には桜の下をボートにゆられた。これも初めての経験。当時私たちは東京―博多間を学割の三等車に乗り、二十余時間立ち通しで汽車に揺られることも多々あった。おじさまと一緒の時は特別個室のおじさまの室内に二人して潜り込んだ。何もかも目新しいゴージャスな時で、もし時計の針を止められるのなら永久に浸って生きたい西海の幻だった。

昭和三十二年（一九五七年）春、夢の中から卒業し、はとバス会社にガイドで入社し社会人になった。

私を翻弄した元婚約者

福岡県飯塚市は私の心のふる里、夢の街。高校時代の親友、麻理とご両親、おばあちゃんや家族の皆さまに胸いっぱいの青春をいただいた所。

婚約したEもその豪邸に泊まり、おじさまと語り明かしたが、その後におじさまより「泰子！あの男には誠意のかけらもないから傷が深くならないうちに諦めな！」と言われた。だが、婚約もしてEの実家にもご挨拶に行き一泊し、私の恋心は燃えていたため、その言葉は左の耳から右の耳へ通り抜けるだけだった。

Eからの音沙汰も次第に遠のいていったが、プロ野球の球団に入団したばかりで忙しいからと勝手に思っていた。大学生時代は遠征に行く先々から〝こけし〟を送ってくれていた。その〝こけし〟に「今が一番大切な時」と祈り、Eからの連絡が来るまで待つことにしたのだが、なしの礫《つぶて》！ 知らないうちにEは結婚しており、やっとおじさまの言った誠意のない、いい加減な男と気が付いた。

今の時代とは違い、処女でない女性が簡単に結婚できる時代ではなかった。私は自死しか考えられず、Eとの思い出の場所を「死ぬ場所」と決めて、東京駅十六時発の特別急行〝さくら〟号で一路、西へ西へと向かった。

さまざまな人々の喜怒哀楽を乗せて、重い心身をひきずりながら、私を少女から女にした想い出のホテルへ。父とリウさん、小学校時代の親友の一恵さん、迷惑をかけ続けの麻理へ遺言状を投函。

加えてホテルの支配人への詫《わ》びの手紙に宿泊代金を添えてテーブルに置き、睡眠剤を飲めば母の待つ天国へ昇る……まさに飲む一瞬、心の中を何かがよぎった。

平之内泰子、この姓名は日本でただひとりかもしれない。結婚もしていない兄なのに、この名前が妹だと知れ渡って自殺者だとなれば、誰もお嫁さんに来ないかもしれない。優しい俊一兄さんが可哀想！

父にしても、あの戦火の中を何度も中国北京から帰国して、日本で飢えをしのいでいる我が子を思い食物を差し入れた。昭和十九年（一九四四年）秋には兄と私を北京に連れていくために、三度も低空飛行機からの無差別焼夷弾の嵐の中を生き延びて往復した。戦後、苛酷な状況の中をやっと日本へ帰国できて共に戻ったその娘が、男から小石を投げ捨てられるように一方的に捨てられて、自ら命を落とすなど耐えられるだろうか。令和の時代とはかけ離れた想像もつかないような世間で、生涯を傷者《きずもの》として生きねばならない肩身の狭い時代であった。

自死は思いとどまったものの、死ぬことさえ許されず生きる望みもない毎日。心のどこかに虚《むな》しい思いを抱き、親も友もすべてを捨て音信不通になっても、どこかの空の下で生きていれば父に対するせめてもの親孝行と自分勝手な言い訳を心に抱いて、飯塚・広島・大阪と漂泊して彷徨《さまよ》っていた。

その流浪の途中、九州のある地に、バスガイド時代の友人が住んでおり、自然に足が向かった。

Eが所属する球団もこの地でキャンプをしていた。彼女が働いていた店のオーナーは選手やスタッフとも友達で、その店は選手の溜《た》まり場だった。彼女から選手の情報を聞くと、飯塚で癒やした心が手術の糸が綻びるように乱れて、奥底に埋もれていたどす黒い膿《うみ》がうごめくのだった。

私は気が付くとEに電話をかけていた。

「私、今バスガイド時代の友達の家にいるの。旅先で残金が少ないから助けて！」と。

Eは待ち合わせ場所へ出向いてきてくれた。小雨に煙る橋の中ほどに待つ私の前にEが現れた時、忘れることもできずに迷路を彷徨う私の暗く長いトンネルに、これから先の私が生きる原点を見た。一方的な別れの日から憎み、恨み、決別したはずの心が、五感が、身体が、着物の裾が乱れ甘美な時の流れのあと、ベッドの中でEが「いくら欲しいの？」と言ってきた。

返事に困った。お金が欲しいのではない！　過ぎ去った時と想い出を戻したくて、ひと目逢って、力の限り抱き締めてほしかっただけなのに！　ひと言、「黙って去って悪かった。許してくれ」、その言葉が聞きたかっただけなのに……。

現金ならバッグの中に半年分の生活費はある。嘘《うそ》の電話をかけたのは心の整理がしたかったから。Eとしては、キャンプ地で、何の話もせず一方的に破棄した元婚約者に騒がれては野球界の一員として社会的な立場が悪いと思ったのか、東京へ帰ってほしくて一刻も早くキャンプ地から追い払うために来たのだろうと私は直感して、Eの心を試してみたくなった。

背番号と同じ「〇〇万円」と細い声で呟《つぶや》くと、Eの顔が和らいだ。私がもっと請求すると思ったのか？　ぶ厚い封筒の中から無造作にお金を出し、テーブルの上に置くと、「門限があるから」のひと言で後ろも振り返らず勝者のごとく去っていった。

その姿を見て私は思った。会って良かった。これでEに対する心が完全に吹っ切れた。この川にEに対するすべての思い出を流そう……。

心が決まると不思議なもので、振り返ることをやめた。Eに会う前は胸の苦しさ、切なさ、悲しみの限界にいた私が、もう、涙が出ることもなくなった。キャンプ地を離れる条件でいただいた○○万円はその夜、友達と一緒のお酒に変わり、みんなと何件も〝はしご酒〟をして使いきった。

東京に帰り二ヶ月が過ぎた頃、体調を崩し病院へ行くと、「おめでとうございます」と笑顔の医師に言われ戸惑った。あの九州の川にEの想いをすべて流したのに……。

中絶をするために火の玉となり「弾丸列車」に乗って九州・飯塚へと旅立った。キャンプ地での、ただ仮初めの契りが自己の生涯に黒い汚点となり残った。この世に迎えなかった我が子……闇夜に追い払った心の痛みは現在も消すことができずにいる。

人間の弱さや傷つきやすさに対する寛容な理解者であるZ家で心身を癒やし、新たな出発のために東京に帰ったが、そこに待ち受けていたのはEの再度の裏切りだった。

虎ノ門の家へヤクザ風の男と女（Eの実姉）が、キャンプ地を離れて東京へ帰る条件でいただいた○○万円を取り返しに来ていたのだ。

私は怒りに震え、今度こそEを許せない、必ず公にして闘うと心に決めた。

数日後、後楽園球場で試会が行われた際に、球団監督にEの件を直訴する電話をかけた。私の話を重く受け取った監督は、「試合が終わり次第、実家に行かせる！」と約束してくれた。しかし私は感情の高ぶりを抑えられず、同時に週刊誌の編集長にもEとの経緯を話すべく会った。

その夜、Eは虎ノ門の家に飛んで来て、ひと言、

「僕は何も知らなかった！　姉に話をしたら、勝手に二人で〇〇万円を取り返しに行った」

と嘯《うそ》ぶいた。そこには良心のかけらもない！　監督に行けと言われて嫌々ながら来た顔！　ヤクザ風の男と女が父から奪った金の代わりさえ持ってこないで儀礼的に頭をペコンと下げるだけ。誠意の片鱗《へんりん》さえ感じられないEに、私は、

「そんな甘い薄っぺらな口先で誰が信じると思うの？　私は週刊誌にEさんの記事を二十万で売ったのよ。今さら何が起こるか知るものですか！」とどなりつけた。

「自分は何も知らないと言うけど、あなたが父の住所、電話を教えたから二人で取り返しに来たのに決まってるわ！」

私の剣幕に、父が泣いて言った。

「お金ならお父さんが土地を担保に借りて泰子に支払うから、記事は取り消してくれ」

父の言葉を聞きながら、心の中で叫んだ。

『今までの私の生き方は一体、何だったの？　私だってお金が目的ではないの。Eから受けた心と身体の傷はどう癒やすの！　波に飲まれ、沈み、幾多の泥水を被《かぶ》りながら、それでも生きてきた。

プロ野球界に身を置く男が、女の一生を傷つけ、生涯を無にする原因を作っただけでなく、親にもお金の心配をさせたのよ』

声には出さなかったが、父をこれ以上悲しませたくなかったので、Eの記事は取り下げた。

あの夜から長い年月を苦しみ抜いた私に対して、E自身は過去の罪の清算もせず、弁護士を使って自分の言い訳と、これ以上の訴えをするなという内容の手紙が届けられた。

父が仏になっている今、自分の行った重い罪を詫びるために、線香の一本でも父の墓前に手向けてほしいというのが私の率直な思いだ。

〝報復は神がし給ふと決めをれど

　日に幾たびも手をわが洗ふ〟

大西民子さんの作であるこの短歌を、私は思い出す。

心身に受けた被害は受けっ放し、報復は神仏に任せることができようか？　半世紀が過ぎても心が納得せず許せない。

私は〝何故《なぜ》〟書くのか？　二十歳の時に受けた人生の出発点でのEの裏切りは、過去の残像となり、今もその残像と闘っていることを、全身総病の中で時折ふと思うから。

闘病　一

一方的に何の音沙汰もない婚約者のEとの初恋に破れた日々、自堕落に生き放浪中、時折右股関節に鈍い病みを感じ家に帰った。日ごとに跛行《はこう》がひどくなり東大病院に検査に行くと〝変形性関節症〟と診断が出た。

女子の乳児に多い症状で、私の場合は軽い亜脱臼で親が早く気付けば完全に治ったが、三歳前に母と死別、父が男手で兄と私を育てながら働き、細心の配慮が行き届かず、二十年の歳月を経て股関節が変形していたようだ。今まで普通に生活ができたのは奇跡で、遅かれ早かれ悪化の徴候が現れ、年月が進むに従い治らないと！

学生時代はダンス部に属し、はとバス在職中は芝白金の明治学院大学へデンマーク体操をしに週に一度行き、身体も柔らかいのに何故？　……理解に苦しみ運命を呪った。花も実もある二十二歳の、人生で一番輝き美しい時に突然、地獄に落とされた。

泣き叫び、喚いてみても逃れられない現実に！　厳粛な真実の重みを変えることはできず、この事実に直面し、立ち向かうよりほかに生きる道はなかった。

『神様！　仏様！　私ならどんな荒波でも乗りきれると思し召されるのですか？　それならどんな苦難な道でも私ははね返し、生きましょう』

東大病院からの紹介状を持ち、近所の虎ノ門病院へ手術をするべく入院した。

大腿部《だいたい》の骨が自由に回せるはずの股関節の骨は崩れていた。膝の二十センチ上から大腿部上、十五センチ外側四十五センチくらいの皮膚を裂き、肉を接《つ》ぎ骨を電気ドリルで切り、股関節の十五センチ上でつなぐ、大工のような手術。当時の手術は医術が発展した今日とは比べものにならず、麻酔も口から喉の奥、食道を通り八時間も垂れ流し。したがって手術の前日に父は虎ノ門院長に『麻酔により覚めず不都合が起きても申し立ては致しません』の一筆、念書を差し出した。

大手術を執刀したのは、当時、米国在日大使ライシャワー氏が暴漢に襲われた時、その命を救った東大病院のG教授であった。

私が全身麻酔から覚めたのは十時間後の夜。遠くのほうで父の「泰子！　泰子！　どうだ！　気が付いたか！」の声に、声にもならぬ呻《うめ》き声でたどたどしく「寒い！……」と答えた。その時の私は、頭と両手首、両足首以外は石膏《せっこう》で固められ、全身はミイラ？　泰子というヤドカリが身に余る大きな殻を背負って、内に満ちる空虚さに苦しんでいた。

翌日より毎朝六時になると、主治医が全身麻酔で潰れた声帯を治す治療に専念してくれた。声は二ヶ月半ほどで徐々にではあるが回復の兆しが見えてきたものの、石膏で固められた身体は半年以上もただ天上を見るのみ。寝返りもできず、食事、排尿、排便、すべて看護師さんの手を借りる生活。二十二歳の女にとって、病人と言えども、恥じらい、切ない日々に。

そんな中、主治医が、

「骨切り手術をしたのは、元に戻すためではない！　せめて数年でも自力で歩くことが目的で、年とともに悪くなり、結婚、子供を産むことは不可能！」

と告げた。終身刑を受け、延命されただけの私。

五臓六腑の病気ではなく、身体の中心にある骨の構造にどう付き合うか。充実していた精神は深く閉ざされ、苦しみ、悩み、迷い、病室のベッドの中で他人に気付かれないよう息を殺して泣く毎日。

七ヶ月もギプスに埋まり、身体中が苦しく痒《かゆ》く、気が狂いそうな時、主治医がギプスに空気穴を開けてくれた。物差しで掻《か》くが、連鎖反応であっちもこっちも痒くなり、掻けば垢《あか》のごとく白く物差しにこびりつき、我慢も限界の時、ギプスが全部取れた。

だが、右足は萎《しな》びた竹のようで膝は曲がらず、我が足ながら感覚が掴《つか》めず、松葉杖で廊下を歩く訓練をするが、五分も立つことができない。利き足の左足も八ヶ月のギプスにより筋肉も萎え、無残な姿。右足は跛行があったが、健全な利き足まで無に等しい。

心の中で『こんなはずではない、私の左足の筋肉！　蘇《よみがえ》って！』と叫びながら、毎日毎日、廊下で訓練をするが、相変わらず進歩のない日々が続く。

ある日、主治医が、『平之内さん、二、三日中に退院をしてください！』と。

私は黙り込む。大都会の中心地、虎ノ門病院には一分一秒を争うさまざまな〝生と死〟があり、医療に従事する人にとって、生命の危機でもないのに八ヶ月も入院している患者は困るのだろう。一刻も早く退院して、と申し渡された。

私にしてみれば、松葉杖で二、三メートルも歩けないのに？　退院の催促！　自身を防護するために、気が付くと虎ノ門病院・N院長室の前にいた。思いきってノックをすると、中から優しい声で「どうぞ！」と聞こえ、臆せず中に入る。N病院長の優しい眼差しに、

「私の現状で、退院は死ぬに等しいです、二十二歳でお嫁にも行けず子供も産めない！　今日、明日に退院をしたら私、一生涯、松葉杖でも歩けません。強引に退院させられるのなら、私、病院の屋上から飛び降ります」

一気に毅然《きぜん》と訴える頑固な私に病院長は、

「明日、ご両親と一緒に話をしましょう」

と、慈愛を込めた目で優しく答えてくれた。

翌日、病院長は父に対し言った。

「都心の病院では、手術後の機能を高めるリハビリ医療は専門スタッフを揃える必要があり限りがあるので、温泉病院で二年くらいをかけてリハビリをすれば、松葉杖が取れるかもしれません。ですが結婚、まして子供を産むのは無理です。ひとまず退院し、自宅で待機してください、お嬢さんに適する温泉病院を必ず、近いうちに私が責任を持って紹介します」

私は嬉しかった。N院長は東大病院でもその名を知らない患者はいない。その高名なことは日本で一、二の教授であった。私は院長の言葉を信じ、一生を託して退院をした。

闘病　二

虎ノ門病院のN院長の慈愛で、これからの人生を行く道に立ちはだかる大きな障害もなくなり返事を待つだけの毎日、無情に時だけが過ぎたある日、夢を見た。桜が一面に咲き誇る風景の中で、一枚一枚の花びらとともに舞う己が身を。

父に話すと『近いうちに良い知らせがあるよ』と。家での所在ない日々に気が滅入る私を慰めてくれたその時、『スグニ、ニュウインサレタシ』の電報が届いた。待ち続け、半ば諦めかけていた湯河原厚生年金病院からだった。

父と養母に連れられ、東海道線湯河原駅で降りた。車で温泉街の中をしばらく進み、落合橋の手前右側の急斜面を山に向かって登っていく。丘陵の中腹に緑のカーテンに覆われた病院が、小鳥の囀《さえず》りとともに迎えてくれた。

父が入院手続きをしている時に、私は名の知れぬ花々に『今日からよろしくネ』と囁《ささや》いていた。するると突然、目の前に車椅子の男性患者が現れた。そして両手、片足のない人や、松葉杖で身体を支える人たちが集まり、口々に「退院ですか！　良かったネ！」「おめでとう！」と晴れやかに挨拶をされて、私は戸惑いを覚えた。

この世で私が一番ひどい障害だと思い悩んでいたが、私など皆さんには及ばないほど軽いものだと知った。私が「今日から入院する平之内です」と挨拶すると、周りの入院患者が「一緒に頑張ろう！」と拍手で迎えてくれた。痛みの解《わか》る者だけが持つ優しさに触れ、涙が溢《あふ》れ落ちた。

その日から二年半、湯河原厚生年金病院の住人になり苦しいリハビリに専念したが、一年が過ぎて松葉杖は取り外せたものの、膝も辛うじて少し曲がるだけで座ることもままならず、ジレンマに陥って投げ遣りになり、訓練もせずベッドの中で、この先の人生を破棄しよう！　と思い詰め、幾多の悩み、苦しみ、悲しみ、切なさで心が閉鎖的な状態になっていく。

そのつど、裕福でない親が身を削り送金してくれる姿が目にちらつき、もう一人の私が、『これしきの病苦で滅入るなんて贅沢《ぜいたく》だよ！　泰子より悽愴《せいそう》な病状の人々が三年、五年、いや、もっと長くリュウマチと闘っているんだ。日に日に関節が曲がり、筋肉や機能が衰え、病院を終《つい》の住み処《か》と定め、それでもにこやかに闘病生活を送っているではないか！　泰子よ！　何を甘えているの』

私が私と自問自答をして激励する。

一日のスケジュールは、起床は六時で、体温を計り、洗面をして、七時に食堂でセルフサービスの朝食。十時から温泉療養、リハビリに励み、午後は自由時間でラジオを聴きながら編物をし、三時から再び温泉に入り、曲がらない足のマッサージなどをクリアしてから近くの野山を散策して、やわらかな緑の中で心を癒やす。

月末に送金があると、気分転換にタクシーで十国峠までドライブ。峠から見る山々の稜線《りょうせん》、四季折々の陰影に富む自然のシルエット、その芸術品を飽きるまで一人で堪能する。

夕食が済むと消灯までは自由時間。娯楽室でジュークボックスから流れる曲に聞き入る人、ソシアル・ダンスを萎えた手足で感覚がなくとも踊る人、麻雀をする人など、思い思いに楽しむ。麻雀は勝負にこだわらず、脳や手の訓練にもなる。

遠く街の灯《ひ》を我が家の灯に重ね、早期退院を願う人もあり、余る時を過ごすこの病院は都心の病院と異なり、通常は味わえない日々が過ぎていく。これらが秩序よく維持され、病院が病院としての機能を果たし、厳格が保たれ、入院患者が安定のもとに療養生活を営むことができた。

その反面、多くの異なる患者を抱え、個々の能力や自由を阻害するなどの弊害があったものの、多くの患者は大らかで、大都市のように人間関係はぎすぎすせず、温泉を利用して健康な状態に心身を回復させた。

この地に何ヶ月、何年も滞在・入院をして過ごすのが長期型入院である。ぬるま湯にゆったり時間をかけて浸《つ》かり、青竹のような曲がらぬ足をマッサージし、湯疲れ湯当たりを防ぐために浴槽から出たり入ったりの繰り返し。

二年の間専念して、やっと湯船の中でならどうにか正座ができるまでになったが、現実には松葉杖を使用せずに歩くのは無理で、あと一年はかかると医師に宣言された。これからは自分との戦いである。

温泉街の外れにある病院は気候が温暖で空気は澄み、気候による刺激で心臓血管のトレーニングとなり、呼吸も活発になって気分も爽やか。緊張感から解放されて長期入院することで新陳代謝も進む。周囲は樹木で覆われ騒音も少なく、馥郁《ふくいく》とした香りに精神が快適になり心が静まる。

同じ年頃の看護師を見ると、健康が一番素晴らしいと思う。多くの可能性を秘め溌剌《はつらつ》として、見た目も美しく光り輝いている。

男性患者が看護師と恋人になることもあり、男が退院すると時を同じくして彼女も辞めていく。それらは生きている証であり、羨ましく見詰めている私。自身の人生に対する苦い悔恨の情と視点を改めれば、私を理解し、丸ごと受け止めてくれる人と巡り会える？

運命の赤い糸！　その奇跡を神仏に祈り、勇気を確実に刻む。

闘病生活が二年も過ぎる頃、医師に、

「このまま、ずるずると何年もいても、松葉杖は一生取れないかもしれない。また、結婚もできないし、ましてや子供を産むこともできない」

と、またもや私は烙印《らくいん》を押された。

病院にいることは世の中から逃避することと考え、思いきってこの微温湯《ぬるまゆ》から飛び立たねば！　だらだらといつまでも病院に依存する限り、社会復帰はできない！　親の経済状態も考え、退院は三ヶ月後と目標を定めた。

身体が歪《ゆが》んで傾き、跛行がひどくても、杖に頼らずよちよち歩きの幼子のごとく、二、三歩進んでは壁に掴まり、ひと呼吸してまた歩く。自らに課した時間割をこなし、読書、ラジオを聴く患者同士のコミュニケーションも控え、一心不乱に励んだ。暇があれば水中歩行もし、何かに憑《つ》かれたように松葉杖を取ることのみに専念した。

その甲斐が表れ、ぎこちなさが残るものの一時間余り自力で歩けるようになり、目標の三ヶ月が過ぎた頃、完全に松葉杖は取れないが退院に漕《こ》ぎ着けて、父の恩にやっと報いることができた。私、二十五歳の時である。

医師は身体障害者四級の手帳を申請するために書類を書いてくださると言ったが、自分自身を〝障害者〟と認めることはできず断った。

それは、今後は自分に甘えず普通の人でいたかったからで、意地を張らずに手帳を申請したのは昭和六十一年（一九八六年）になってから。五月二十六日に交付で、私が四十八歳の時。障害名は〝変形性関節症による右股関節機能全廃〟と手帳に記されていた。

その後、障害年金も偶数月に振り込まれたが、父が虎ノ門の土地家屋を森ビルに売却、私の店を赤坂に代替金二六〇〇万円で開店したため税金が加算、加えて障害年金も数年はいただけず働いた。

手帳によりいただくお金より、税金を払うことに喜びを感じ、がむしゃらに働き通した。私は障害者ではないただの寡婦、ただの普通の人間、強く生きる私が好きである。

虎ノ門病院、湯河原厚生年金病院での入院中に願っていた、必ず普通の人として働くという夢が現実になり、子と二人、生きられる幸せが！　幸せを実現できたことを神仏に感謝し、医療従事者の方々にも心から感謝したい。

波乱の幕開け

悲惨な体験をし、両親の縁も薄いけれど、一人で生きる覚悟を決めた過ぎし日、自分自身の生きる道程を定めた。しかし、これからの生活と心の安らぎを、私はどこへ求めればいいのか。この世に身の置き場所がない喪失感に襲われたが、物事は受け止め方次第で愚痴にも心の糧にもなる。

虎ノ門病院にて七ヶ月余り入院、その後、二年半に及ぶ湯河原厚生年金病院でのリハビリ療養生活をしてやっと虎ノ門の実家に帰った日、リウさんより、

「虎ノ門病院は保険だが湯河原は療養なので、実費！　お父さんの会社は火の車！　落ち着いたら外で働いて一人で生きて！」

と放り出された。

そのひと言が長い人生に影を落とすことになり、身体障害の身に加え心にも傷を持ち続けたあの日、人生の岐路の中、重い心で少女時代に散策した道を、『これから、どう働き生きるか』を考えながら、あてもなく日比谷公園に向かい、自然に銀座へと。

考えが定まらない迷いの渦の中、並木通りで若い端正な顔立ちの男性が目の前に現れ、「お茶でも飲みませんか？」と声をかけてきた。

私は神の声が下りてきたと頷《うなず》き、七丁目の喫茶店へ。

彼は笑顔で名刺を差し出すと、「ホステスの仕事をしてみない⁉」と。

渡りに船の私が頷くと、支配人だというその人は言った。

「初めてだと時給は一五〇〇円だが、経験があれば二〇〇〇円は出す！」

答えのない私に、付け加えて、

「歌舞伎座の横にあるクラブ〝ひつじ（仮名）〟でヘルプをしていたと履歴書に記せば、二二〇〇円までママに話すから」と言う。

一方的に話はどんどん進むが、私は亡き母が道標を決めてくれていると感じ、働くことを決めた。保証人は父がなってくれた。

当時の銀座で一、二の有名オーナーママは、支配人からの報告で私をひと目で気に入ってくれて、ママの顧客の専属ヘルプとして、働くことになった。

そして来店する政界、財界の方々に、

「泰子さんの実家、どこだと思う？　虎ノ門で女学校を卒業したのよ」

と、まるで自分のことのごとく自慢げに言う。すると、一部・二部上場の重役や大臣たち皆が一様に驚き、いろいろと質問をしてくる。

「ママの顧客が名刺をくれたら、それを必ず守れば、君なら一流のホステスになれる」と支配人は言った。

私は入院生活と障害の件は一切隠し通し、支配人が入店時に数えてくれた〝三豆《さんまめ》〟を実行した。
一、手豆　名刺をいただいたらその夜に必ず真心をもって礼状を書く。

一、足豆　会話の中で誕生日、その他、感じたことなどを覚えておいて、心のこもった品物を贈る。手作りが一番良い！

一、口豆　名刺のお礼の電話を！　相手が忘れないうちに。翌日の昼食後、十二時四十分頃がベスト。「二、三分お時間良いですか」と、まず聞く。

この〝三豆〟を忘れず、店も休まずに勤めた。

一年半後に他店からホステスとしての引き抜きがあり、支配人とママの許可をいただき、ママも喜んで送り出してくれた。そのうえ、ママの大切な顧客の大臣や財界の方々に、

「泰子さん、一年半も休まず頑張ったので、二次会は移った店に行って！」

と送り出してくれた。

移店先でナンバーワンになり、その一年後に銀座有数の大箱の店舗で雇われママになったが、スピードの速さと同時に身体が悲鳴をあげる。

だが止まれない。止まると押し潰される。どの角度から見られてもいいように美しく背筋をのばし、軽い跛行でも許されない。七時から五時間、全神経を集中し働いた。

足は毎日マッサージをしていたが限界を超え、家に帰るタクシーの中で足はヒールからはみ出す。素足で三階まで手摺《てすり》に掴まってやっと上り、部屋に入るなりジュウタンの床に倒れ込む毎日。

『お母さん、私、何の目的で身体に鞭打ってまで一生懸命働くの？　何故に身を粉にしてまで！
私、何のために生きてるの？』

涙がとめどなく流れる。心身の葛藤！

そんなある日、顧客が中央競馬の騎手を紹介してくれた。その方は大のオートバイファンで、大井、船橋とレース場へと連れていってくれて、いつしか私はオイルとエンジンに魅せられ、一人でも店の休日と開催日には気分転換で観戦するようになった。

月に一、二度、顧客にデートに誘われると、大井レース場にのみお連れし、買い方を教えた。著名なオーナー社長は、ゴンドラ席から見る、眼下を命懸けで走るレーサーたちの姿に何かを感じ取った様子。私は一〇〇〇円が一万円になる買い方を伝え、その日私たちは二〇〇〇円の軍資金で二万円をゲット。帰り道、社長も私も割り勘で美味を……。

私は、いつしかトップレーサーTに届かぬ淡い恋心を抱いていた。昭和四十六年（一九七一年）二月十四日、大井オートレース場の事務所に、チョコレートを添えたファンレターをT宛に届けた。

その夜、仕事を終え並木通りを歩いていると、他店の支配人が、

「ママ、家に帰るの？　三十分ぐらいお茶でも」

「来客に礼状を書くから……」

支配人は言葉を重ねる。

「土橋の、あのビルの地下に、オートの選手が集まる店があって、店長もオート好きで深夜から選手が来店するのに！　残念」

その言葉に、私はすぐさまこう返していた。

「私も行くッ！　今夜は誰が？」

胸をときめかせてその店へ。入り口のテーブルでコーヒーをひと口、口にした時、昼間オートレース場の事務所に届けた主のTが、端整な顔立ちでオーラを放ちながら入ってきた。

「平之内さん！　チョコレートありがとう！」

私は一瞬、声も出ず息が詰まる思いで、上擦っていた。

気が落ち着くと心の中で何故、私と分かったのか？　いろいろ考あぐねた結果、やっと気が付いた。真夜中に着物を着ているのは私一人。同席の支配人があたふたしている私を見て笑っていた。

気が付くとパブの店長と彼、私の三人で夜明けも知らず話をしていた。それは幼い日に死別した母の慈愛が背後霊となり導いてくれたのだと思った。三十分の約束で行ったのに、その後、Tが私たちの席にコーヒーを差し入れてくれ、席に店のオーナーと共に来て、「少し座っても？」と。大歓迎の私、話が弾む。

気が付くとTと私だけ。私は電話番号を教え、夜明けの店を後にアパートへと帰るタクシーの中で嬉し涙が。当時の芝公園日活アパートでの侘《わび》しい暮らしに夢と希望が生まれた。あのバレンタインの二月十四から幻の恋が現実になり、短い日数で恋人になった。Tが急死するまでの十ヶ月の泡《ほう》沫《まつ》の恋ではあったが。

三十歳前後の男女の仲は自然に燃え盛り、彼はレースが終わり解放されると抱えきれない花束を持って日活アパートに飛んで来てくれた。私はその彼の愛に応えるように、遠く福岡県飯塚、山口県山陽町と私の恋の列車は西方に向かい、二本のレールとは切っても切れない深いつながりが生まれた。

銀座でのヘルプ時代も、ホステスとしてナンバーワンになった時も、雇われママとしても、一日も休まず一心不乱に一人で生きるために必死で働いたが、Tを知ってからは彼を追って、全国に六ヶ所あるレース場へ足を運んだ。レースが終わると帰りは新幹線で戻り、店へ直行した日々。店との契約の純売り上げは達成し、日数を果たすのみ。だが雇われママとしてのプライドがあり、毎日同伴で八時出勤。目まぐるしいが、やりきる充実感もあった。

浜松のレース場に行く時は、環状八号の世田谷の東名高速の入り口で、彼の横で浜松インターを下りるまで魅せられた私。一分一秒も離れたくないので、選手の控え場所まで行った。帰りはタクシーで新幹線の浜松駅まで行き、帰宅すると急ぎ着物に着替えて同伴出勤。

そんな心の余裕からか、店と恋とが旨く絡み合って、人生の最高峰にいた。

彼の子を宿したが、店との契約は、売り上げは達成していたものの、勤務日数が三十五日足らず、十一月まで大きなお腹を抱え、夜の銀座全盛期、高度成長期の中、社用族の恩恵に与《あずか》った。子を宿した私を見捨てず指名してくださり、おおらかな、古き良き時代の銀座であった。

昭和四十六年（一九七一年）十一月に、スタッフ、ホステス一同から花束と産着セット、ご祝儀をいただき銀座を卒業した。

彼に子を抱き締めてもらう日を指折り数え、迫《せ》り出すお腹の子に話しかける幸せ。溢れ出る喜びの涙、母親になれた奇跡。まだ見ぬ我が子の産着、靴下、ケープを編む無上の嬉しさ。その小さな幸福に浸っていた時、平凡な望み、希望、すべてが何の前ぶれもなしに突然、散った。

昭和四十七年（一九七二年）一月四日付の各スポーツ新聞に、〝人気レーサー急死す〟と写真入りで、掲載された。その記事を私に知らせたのは、過ぎし日に一緒に大井レース場で観戦し、美酒を味わった音響メーカーの二代目社長。彼から朝一番で知らされ、茫然《ぼうぜん》となった。心臓を鷲掴《わしづか》みされるほどのショックで、泣くことも喚くことすらもできず、返す言葉すら出てこなかった。遠くのほうから聞こえる社長の声に聞き入るだけ。

「死んでは駄目！　生きて身二つになれば、おのずから道は開く……その時は相談に乗るから！　気を落とすな！」

ガチャンと置く受話器の音も空《むな》しく耳に残り、ぼんやり空を見つめていた。

Tの命日は前日の一月三日で、奇しくも亡き母と妹と同じ日。Tを愛し愛され、我が子を産む道を選んだ現実の運命の重さは私でなければ解せないことで、無事に子を産み、自己の生涯を燃え尽くすまで生きねばならない。自身の身を庇い、甘えることは許されないのだ。

だが己の身を削って生きるのは肉体的、精神的に疲弊していく。抜け殻になり、心のどこかに虚しい思いを抱き、これから先どう生きれば良いのか途方に暮れた。

目を瞑ると懐かしく半世紀前の彼の愛車、〝ビバウイング〟と〝セントウイング〟のトライアンフの爆音が……。疲労で高ぶる神経、万策尽き考える気力もないままの昭和四十七年（一九七二年）一月二十一日午後一時三十分に、世田谷区中町の顧客の小倉病院で三〇〇〇キログラムの男子を帝王切開で産んだ。

その年は例年より雪が多く、降り積もる雪の彼方《かなた》に今は亡き彼が微笑《ほほえ》んでいた。

あれは前年の三月二十三日、春なのに修善寺は雪が降り続いていた。

その日、新幹線の浜松駅前で浜松でのレースが終わる彼を待っていた。Tは東京からレース前日に私とドライブをしながら浜松レース場に！

Tの車の助手席に乗り、西伊豆堂ヶ島を目指す。夜も遅くなりガソリンスタンドを探すがなく、ガス欠の心配をしつつ走ったが、達磨山《だるまやま》の山中で、とうとう車がストップし雪の中に閉じ込められた。目を外に向けると、この世のものとは思えない樹氷林が。そして積雪の中に霧氷！

暖房もないが寒さは感じず、水彩画の絵のような雪景色を見ていたあの時、あのまま凍え死んでいたら今の苦しみはなかった？

十分、二十分と過ぎた時、後ろからヘッドライトの光が。その車は偶然Tの後輩で仲良しの、船橋所属のFだった。彼は関東選手会所属の旅行で同じ目的地に向かうべく、私たちと同じルートを走ってきたのだった。Fが浜松レース場を早く出発していたらこの奇跡はなく、私たちはどうなっていたか？

車をそこに残し、Fが私たちを乗せてくれた。その後、堂ヶ島の会場近くのホテルに私を送り、

FとTは集合のホテルへと向かった。そして深夜、Fに送られてTが私のホテルへ。翌日、現地解散でFが私たちのホテルに迎えにきた。

あれから十ヶ月が過ぎた今、あの日と同じ雪が降るが、もうTの姿を見ることはできない。アパートに帰っても誰もいないので退院せず、一ヶ月近く小倉病院に留まる。子の名前は彼と同じKにした。一ヶ月後、日活アパートに子と共に帰るが、母親としては新米なので心細く、沐浴中に子を落とし、泣く泣く小倉病院に電話をした。

院長先生は、毎土曜日に小倉病院へ赤ちゃんの健康診断に訪れる、当時小児科医師でテレビでも有名な愛育病院のドクターを紹介してくださった。有栖川《ありすがわ》公園の隣にあったその病院の別棟には、任務で外地へ赴く人のために飛行機に乗せられない乳幼児を預かるシステムがあり、私の子も毎日、朝・昼・夕の三回、母乳を飲ませに通う条件で六ヶ月間の入院が許可され、芝公園のアパートから毎朝六時・十一時・十六時に通院した。

その合間に仕事を探し歩く、くたくたな毎日。過去の名声ゆえに、銀座一流のママという肩書が邪魔をする。無意味な日々が過ぎていく。あの時代は一時の儚《はかな》い幻だったのか。

乳飲み子を育てる

求人に応募しては撥《は》ねられ続き。乳飲み子を抱えて、なかなか光の見えない日々の中で、やっと過去を隠し小さな店でホステスとして出直すことができた。

噂を聞いたママ時代の客もぽつぽつと足を運んで、仲間も連れて同窓会？　売れっ子に！

仕事は順調になり、昼間は子の笑顔とつぶらな瞳の中にTの姿を重ね、女一人で子と共に生きるつらさ、苦しみに涙を落としそうな時、私はそっと呟く。

『この子が成人するまで涙は胸の奥に秘め、がむしゃらに働き、片親のない子の惨めさを絶対させない！』

夜は客席を蝶《ちょう》のように舞う。

子が六ヶ月になり、いつまでも愛育病院に預けるわけにもいかず、日活アパートに連れて帰った。

夕方仕事に行く前は、親切な近所の助産師さんの好意に甘えて預かってもらえた。店が終わるとお客さまやホステス仲間との食事には同行せず、急ぎ子を迎えにいく。雨の中や真夜中に起こされる赤ちゃんも可哀想だが、子と二人で生きるためには仕方がなかった。

ある日、リウさんから電話があり、かつて少しの間だけ夫だったAが突然、虎ノ門の実家に遊びに来て、その折にやっ子（泰子）が子と二人で生活をして銀座で働いていると話すと、Aが「やっ子に逢いたい！　心配していると伝えてほしい」と言っていたとのこと。休日に子を連れてAが住む湯河原に向かった。

　Aとは、湯河原厚生年金病院で共に患者として闘病生活をした仲間。退院してすぐ二ヶ月ほど結婚した人で、私の身勝手で一方的に別れた人。私が子連れでもAが望むなら、今度こそAに尽くそうと思い、会いにいった。

　しかしAは、「子は養子に出して、やっ子一人で来て！」と言う。私はこの話を即、断ったのだった。

　もともと子を産むことは無理と医師に告げられた私。それを、命を懸けて産んだ愛しい子を里子に出す!? 鬼でもできるはずがない！　仮に子を捨て女の幸せを選んだら、一歳の幼子は生まれる前に父親と死別しただけでなく、実母にも捨てられた悲しみと肉親の裏切りを生涯背負うことになるのだ。

　私自身、三歳になる前に母が死亡、父は遠く異国の地で働き、祖母宅での居候。私が味わった悲しみ、苦しみを、亡きTの忘れ形見の愛しい我が幼子に味わわせることはできない。

　この時から私は女であることを捨てて、父親の分も合わせて親として生きることを自身に誓った。

　萎えた右足を五時間ほど動かす毎日。跛行を隠し、店の中を蝶のように優雅に舞う五時間は、魂が進もうとしているから足は前に！　神経を集中させ心身に気を付けないとすべてが崩れる。

　可哀想にと同情をされては、銀座全盛期のママ業ができるか！　笑顔の裏に苦しみを隠し、幼子と二人で生るために座の空気に心を配る毎日。政・財・官に可愛がられ、今も何人かの方々と交流を続けている。

その人たちは私の背負った過去も、いまだに続く足の激痛にも気が付いていない。

どんなに苦しくても一日一日を笑顔と優しさでいなければ、銀座という日本一の舞台で生きてはいけない。

明日へと進むために、知恵・勇気・気力を振り絞り、子連れの〝弾丸列車〟はひたすら邁進《まいしん》する。

だが、仕事と育児の両立にはやはり無理があった。退院時に医師より「明日、突然足が動かなくなるかもしれない」と言われたとおり、日増しに跛行がひどく見立つようになり、歩行も困難に。

同じ頃、養子に行った三兄が、

「うちは妻とその母が、大切におまえの子を預かる。養育費を一ヶ月二十万で！」

と言ってきた。

五十年前の二十万！　高額だが毎日のリハビリと夜の仕事を続行するために、一抹の不安はよぎったが、父の「他人に二十万を支払うなら身内に！」の言葉に後押しされ、三兄に預けることにした。

三兄の住む小田急線柿生駅と田園都市線市が尾駅の中間にある麻生《あさお》で、土曜の早朝から月曜日の夕方まで子と過ごして、心を残し店へと向かう生活が一歳から二歳まで続いた。

その日は、いつもと違う胸騒ぎがして途中から引き返すと、玄関の外まで子の泣き喚く声が！　慌てて部屋に入ると、伯母さんは泣き声を無視して、キセルでたばこを吹かし素知らぬ顔。隣の部

屋を開けると、子が私の胸に飛び込みしがみつく。思わず子に、

「ごめんネ！　ママ、何も知らなかったの！　一緒におうちに帰ろうネ」

と言い、子を連れてアパートに戻り、オーナーに事のなりゆきを話して五日間の休みを取り、心を休めるために湯河原に向かった。

あっという間に七日間が過ぎ、父から聞いてこのたびの件を知った長兄が、

「僕の家は、妹からお金は取れない」

と言ってくれた。優しい長兄に感謝をし、頼むことにした。

長兄には三人の子がいて、私の子を入れると四人の幼子の面倒を見ることになる。長兄の妻にしてみれば愚痴の一つも出て、長兄は妻と妹の間で困りきる。

そんな長兄の心情を悟り、二ヶ月で子を日活アパートに連れ帰り、再び湯河原に向かった。

若き日に二ヶ月で離婚した人の紹介で某旅館へ。若旦那とご両親、妹さんの優しさに甘えて、子を客として一ヶ月二十万円で逗留させてもらうことになった。

その日から三歳になるまでの一年近く、私は毎週金曜日に二十三時五十八分新橋駅発の、最終下り小田原行きの電車に乗った。当時、銀座が銀座らしい優雅に輝いた高度成長期で、午後十一時半になると誰とはなく店全体の客にママコールが起き、私が最終電車に乗れるよう〝帰れ！〟と励ましてくれた。

平塚駅を過ぎると乗客もまばらになり、泥酔客の視線を避けるために車掌のいる後尾車に乗っ

た。小田原駅から湯河原駅まではタクシーで早川、根府川、真鶴と国道一三五号線を南下、真夜中に来る私を宿の夫婦は我が娘を迎えるように、熱い湯漬けを作って待っていてくれた。土曜から月曜の夕方まで、私と子は客として二人で過ごした。

働いても働いてもお金は湯水のように流れ、貯金をする余裕はないが、心豊かな一年間だった。四季折々の中で子と観光バスで箱根路を巡り、小鳥たちの囀りの中で自然の息吹を感じ、新たな五日間を働く力を蓄えた。箱根の山並みが沈む夕日に影を落とし、ススキの穂が風に靡き、冬は山水画のような雪景色だった。

湯河原に椿《つばき》の花が咲く三月、幼稚園入園のために楽しかった思い出を噛《か》み締《し》め、東京へ帰ることにした。三歳になった子は自然の恩恵を受けて心身共に健やかに育ち、名門の幼稚園に入園できた。家政婦さんも月給二十五万円の住み込みで来てもらい、やっと流浪生活から解放され、落ち着いた。

栄枯盛衰

我が子は父親の顔さえ知らない。あの人の急死後に生を享《う》けたからだ。その子と赤坂の地で一緒に店を切り盛りすることの倖《さち》を日々感じ、感謝しながら昭和五十九年（一九八四年）から昭和天皇が病に倒れられた日まで、赤坂「117《ワンワンセブン》」は時の大臣、財界人、各省庁の次官から局長、課長が綺《き》羅星《らぼし》のごとく次から次と仲間を連れ、夜ごと訪れてくれた。昭和天皇の病が重くなると自粛のために蜂の子が散るように官僚は遠退いた。

〝栄枯盛衰〟は世の常と言うが、あまりにも激しい荒波に呑《の》まれ、いみじくも店を閉じた昭和六十四年（一九八九年）一月七日は、昭和天皇がお隠れになられた日でもあり、私の誕生日でもあった。

赤坂の店を整理した残金の中から一二〇〇万円で新橋駅前の麻雀《マージャン》屋の権利を買ったが、新しい時代の流れに押し流され開店休業状態が続いた。売ることもできず、毎月の家賃がのしかかって赤字が増した。代官山のマンションの一室で試案の日々のさなか、何年かぶりに三兄が私の様子を見にきた。

「先輩が川崎駅前で店を三軒経営していて、大ママを探しているんだ。泰子、遊んでいるなら一度、Y社長を紹介する」

と言う。その言葉に藁《わら》にも縋《すが》る思いで会いにいくことにした。

Y社長は長く連れ添った女《ひと》と別れ悲痛の時で、私をひと目で気に入り、明日からでも大ママで働いてほしいと大変な意気込みだった。私としても渡りに船と、地位（常務）を得る権利として二〇〇万円の出資金を社長に渡し、夕方四時半から朝方の五時頃まで十三時間の激務だが、月に二度の休みで月給五十万円という契約を交わした。

「顧客を東京から呼ばなくてもいい、三軒の店の客に対して挨拶だけ」との約束は簡単に破られ、赤坂の「117」時代、毎日顔を出して、我が子に対して「Kちゃん、来たよ～」と独特の優しい笑顔を見せてくれていた、息子が〝おじき〟と仰ぐCさんも、天皇家の血筋を引く◎◎さんも来てくださったが、社長の姪《めい》に「私は八組も呼んだのに、大ママの泰子さんは今回は私の半分以下ね」と言われ、あげくには、片足の不自由な私の真似をしてわざと見せつけるようにして歩く始末。

いかなる屈辱を受けても私は息子と二人で生きる。仕事を放り出すことは負けること。負け犬となり仕事を放棄するのは自殺に等しく、我慢に我慢を重ねた。しかし心身には限界があり、店で倒れて、近くの救急病院で診察の結果、即入院と言われた。しかし息子が私の帰りを待っているので、痛み止めを打ってもらいタクシーで帰った。しかしその後、極度の衰弱と膵炎《すいえん》で、顧客の医師のいる四ツ谷の病院へ毎日点滴のために一ヶ月半、通院した。

結局、川崎の店は六、七、八月の三ヶ月間働き、心と身体に深い傷を受けて退職した。

Y社長は出資金のうち二十万円だけ返してくれたが、残金一八〇万円を渋り返済されなかったので、私は「出資預託金返還請求事件」として、衆議院議員であり第二弁護士会所属弁護士の先生に裁判の依頼をした。

その法廷で、三兄が「自分の前で社長は妹に一八〇万円を返した」と嘘の証言をした。裁判官がその日時を問うと、いい加減な回答をした。その日、私にはアリバイがあり、霞ヶ関の地方裁判所六三〇法定での嘘が「法定侮辱罪」となって三兄を告訴できたが、本来の問題ではないことで肉親が血で血を洗うのは父を悲しませるだけなので、〝忍〟の一字で耐えた。

冷静に過去を振り返ると、私が騙《だま》されたことは一つや二つではない。

一、甥《おい》の某テレビ局への就職の件

一、甥の東京プリンスホテルでの結婚式の未払い

一、引き出物の物ち込み、プリンスホテルでは初めての件、及び未払い

一、引き出物のデパートでの未払い

一、父、静雄の死亡時の九桁の金銭を貸したが返金されず、平之内家の墓守りの私が年金でどうにか守っている現状

一、三兄の養子先の妻もリウさんの晩年を操り、父の遺留分を俊一兄と私が請求しても邪魔をしてうやむやなまま未配分

切実な手紙

私が身内との間で困っていたことは、コピーして残してあった手紙からも分かる。今、読み返しても心がザワザワしてしまう。

【三兄への手紙】

前略、貴殿●●（三兄）、▲▲（その妻）夫婦に彼らの返済能力を越える（法律上は貸金でなく贈与）四〇〇〇万円以上の高額を返済期限や利率など定めず貸し与えたが、それに対して●●（三兄）氏は贈与税一九七四万円、重加算税八〇〇万円、無申告算税三〇〇万円、などを加算して査察が入ると有無を言わず支払わなければなりません。●●氏に八〇〇万円弱をも貸し、寡婦・高齢・身体障害者四級の私には一刀両断拒否し、私を見殺しにする行為。貴殿のお金で誰に貸すも勝手ですが、……　草々

【リウさんへの手紙】

リウ様

彼岸も終わり桜の便りが西風に乗って聞こえる三月最後の日曜日、何のいたずらか季節はずれの雪が霙《みぞれ》になり真冬に逆戻り。その中をティールーム・ウェッジウッドへ、自分史の結末を完成させ

るために行く。足早に過ぎ去ろうとしている今月も、リウ様の家へ何度も通い、頭を下げ、お話をしたのに、血がつながらないというのは、かくも冷淡に対処できるのか。

　平之内静雄の妻であったリウ様に礼を尽くし、亡き父の長女である私がリウ様に遺産が僅かしかなく老いの身で生きる張りがないと泣き疲れ、遺留分を破棄するのが亡き父の供養になるならと請求もせず暮らしていたが、昨年九月、五十六歳の高齢と身体障害者四級の身で会社を解雇され、新たな求人先に履歴書を送るが、端から断られ、生きる最後の手段に自らの店を作ればいかなる状況でも子供と一緒に働けると、リウ様に返済方法（障害者厚生年金、生命保険満期、社会福祉協議会等）を付けて融資を依頼したが一刀両断否定された。そして泣きながら、

「泰子の身の上は可哀想で貸したいけれど現金が一五〇〇万円しかなく、八十歳の私の拠《よ》り所は、このお金だけ！　●●（三兄）宅にいれば骨の髄までしゃぶり尽くされるから、橋本（八王子市）の有料老人ホームに行くために一〇〇〇万円が必要なので残金は誰にも渡せない！」と言われた。

「なにも老人ホームなんて……」

「●●に三、四千万円……それ以上貸しているかもしれないので計算しているんだけど、銀行通帳と借用証を照らし合わせていると頭が痛くなるの！　●●に貸さないと今度は▲▲さん（三兄の妻）に泣きつかれて、二年後の退職金で返済する条件で一筆入れさせ合計八〇〇万円弱を貸したの」

　と、借用証を私の息子に渡し計算させた。さらに、

「▲▲さんと話し合って彼女からもらって。それで店を作れば！」

と言い放った。私は、

「●●に五〇〇〇万円近く貸してあるのだから、毎月五万円の食費だって払うことないのよ！　利子として差し引けば、お金も目減りせず、悠悠自適に暮らせるわ。私が借用するのは三兄のような飲む打つ買うで紙屑《かみくず》のようにお金を捨てるのではなく、店舗の保証金なの。必要な時に、必ず半年か一年で返すから……」

と懇願した。しかし、リウさんは、

「あんな人に騙され、私が馬鹿だった……。泰子には気の毒だけれど……お父さんが可哀想……」

と涙声で自室に引っ込んでいった。その時、私は実母なら我が身を削ってでも用立てるだろうと想像して、五十五年前に他界した遥かなる母のことを思い浮かべた。

私は心を鬼にして内容証明をリウさんに送ることにし、リウさんが住まう三兄の家を去った。リウさんとは親子の縁組みもなし。リウさんに何か事が起きれば、リウさんの実家に平之内静雄の遺産すべてが行き、お墓の維持もできなくなる。遺言執行者であるHY氏に会うために内容証明書持参で出かけた。HY氏なら、法律に基づきリウさんに静雄の遺子に対して遺留分を支払うよう命ずる権限があるからだ。HY氏は話を聞いてくれ、リウさんに電話を入れてくれた。優しい口調で力になると約束をしてくださった。雨の中、少しだけ心が軽くなって私は帰宅した。

その夜、HY氏から電話があり、「遺留分をリウさん個人のお金と錯覚をして勝手に断りもなく流用することは法律違反であり、泰子さんの遺留分を渡すように、とリウさんに話したら〝分かりました〟と言ったよ」と教えてくださった。

リウさんが理解してくれたと思った私は、三兄の家に電話を入れた。すると▲▲さんが出て、「おばあちゃん、今車を呼んで、どこかへ出て行った」と他人事のように言うのだった。私はその冷たさに怒りを覚えた。夜、雨の中を八十歳の老女が手荷物を片手に家を出ることに対して、訳を聞くとか、明日にしたら？　と引き止める……そんな様子がかけらもない。

私は三兄夫婦にも内容証明を送った。自分たちだけが幸せならほかはどうでもいいという態度を表し、電話をすれば話し中でも一方的に切ってしまう卑劣さに、私の心は鬼から夜叉《やしゃ》へと、どんどん荒れ果てた。私が死ぬ時は、三兄夫婦を返済能力がない大金を借金したこと、泰子の遺留分より貸すことは横領罪であります。弁護士と相談し貴殿を訴訟する考えですが、近々に話し合いに応じてくだされば公にせず、亡き父に関わる者が啀《いが》み合うこともなく平和に暮らせると思います。三月十一日付書面どおり、息子に一〇〇〇万円を貸してくだされば、私の遺留分は破棄し、利子もお支払い致します。●●氏の言葉に惑わず、波風がたたず貴殿が心やすらかに暮らせることを願います。
御身を大切にしてください。

平成七年三月十二日　　平之内静雄　長女　平之内泰子

平之内リウ様

経営者

すでに記したが、昭和五十三年（一九七八年）六月、実家の虎ノ門一丁目、当時港区芝琴平町に自分の城を持ち、店名は場所柄、数字にこだわり「１１７」と名付けた。

午前十時から午後二時まではランチ喫茶店、午後六時から十一時まではカラオケスナック、銀座時代の大臣・政界・財界の顧客に加えて地元の官庁の役人が歓送迎会に利用し、店を開けば満員に！　春になると借景ながら隣の桜木の花びらが店内を舞う。来客は一様に「都心でお花見が！」と悦《よろこ》ぶ。その桜の花びらに誘われて、天皇家の血筋を持つ元宮様も仕事で近くまで来ると必ず来店してくださった。

そして〝光陰矢のごとし〟、あっと言う間に年月が！

後述する甥Ｓの件で自律神経が乱れ、通院中に加え障害者の私に何かあれば、子供が路頭に迷ってしまう。そうならないために〇歳時から毎月八万円の生命保険に入っていたが、ある時集金人の方が言った。

「平之内さん、毎月の支払い額が多くて大変でしょう！　保険外交員になれば、毎月二回の加入で月十五万円になるのよ！　所長に話をしてあげる。朝礼の一時間だけ出れば、あとは自由よ」

「１１７」の開店前での出勤ならと、深く考えずに生命保険の外交員になった。日本の高度成長期、銀座時代の社長さん、役員さんの保険は、黒字経営なら経費で落とせた良き時代で、数ヶ月後に営業所のナンバーワンになって、大阪の重役さんが上京すると、支店長は「117」に紹介してくださった。

しかし、二足の草鞋《わらじ》は所詮無理で、遅まきながら体力の限界を知ることに。

一日の睡眠時間が四、五時間の生活が、Sの件で発症した自律神経失調症に加え過換気症候群を招き、バッグの中に紙袋を入れ発作が起きれば口に添え深く呼吸をする日々。やがて歩行困難になり、通院以外は電灯の明るさも眩しくテレビも見ず暗闇の世界へ。繁盛していた店も保険の外交員も辞め病気回復に専念した。

半年で店に戻り、〝二兎を追う者は一兎をも得ず〟を肝に銘じ顧客の会社へ挨拶回りして、一ヶ月後には元の人気店へ回復。官庁街でも「117」は有名になり、知らない人はないほどの盛況店へ。


振り返れば三十五歳頃から子と二人で生きてゆく過程で昼夜問わず働き、睡眠時間は四、五時間と無理を続けた。その付けが回り、七十代前頃から毎年のように新たな病が顔を出す。

二十二歳の変形性関節による右股関節機能全廃、障害四級と言われたが、若さゆえ、自身を障害者と認めることはできず、障害者手帳を手にしたのは四十九歳の時。父が虎ノ門の土地を売却し、その折、赤坂に店を移すため二六〇〇万円の税金を支払う時に、顧客の官僚が、「脱税は駄目だが節税のために障害者手帳を申請し、控除枠に寡婦と障害の二つの枠を……」と教えてくれた。

生活の基盤は安定したが、甥Sが大学卒業前に連日、母親と店に来て、「某テレビ局へ就職の面接に行きたいが、大学側は局に知り合いがある人のみ一名、指名してほしいと言っているので、何とか紹介してほしい」と懇願する。

断るが、父に何とか私がOKを出すように頼みにきたという。そこで、父の顔を立てて重役が店に来た時に話をした。重役の方は銀座時代からの顧客で、

「もう決まっており、僕をしても無理だが、来春時には入局の助けはできる。本気でテレビ局で働く意欲があるなら、下請けの会社に入り現場で一年勉強し、表は華やかだが裏方も経験したほうが入った時に役に立つ」と温かいアドバイスも受けた。

数ヶ月後、店に重役が来て、

「甥から何か話があったか！」

席に着くなり、今まで見たこともない顔と声に嫌な予感が……。続いて言った。

「現場で〝オレを殺す気か！〟と啖呵《たんか》を切り、そのまま帰った」

私は重役の顔を見ることもできず、下を向き、「ご迷惑をおかけしてすみません……」。

それしか謝る方法が浮かばず情けない出来事、夢であってほしいと……。テーブルにひと口も飲まない冷めたコーヒーの横にお金が置いてあり、なすすべもない惨めな私。

翌日から昼間のランチを休止し、その日から一ヶ月、毎日手みやげを持って謝りの日々が続いた。甥Sから電話もなかったその日以来、自律神経失調症が重くなり、過換気症候群も発症し、心

身共に弱る私。生活を維持するために夜のスナックは続けたが、睡眠導入剤がなくては眠れず、今も続く安定剤。

〃死の三重奏〃、脂質異状症、アテローム血栓性、脳梗塞、高血圧症に加え、脊髄症、不安症、腰椎狭窄《きょうさく》、甲状腺腫、左目角膜に傷、歯槽膿漏、頸椎狭窄《けいつい》……。

令和四年（二〇二二年）十月二十八日早朝、ベッドからトイレに行く途中、テレビ台の角に足が縺《もつ》れて転倒、左脇の肋骨《ろっこつ》の三番を骨折し、正月までの二ヶ月間、安静。何故！　私ばかりが！　泣けてくる、誰も助けてはくれない。

多くの基礎疾患がある私。コロナ禍でも一ヶ月に六〜七回は通院、各科の診察だけで心身が萎《う》え、生きる気力が失せる。そんな中、新たな病気の私をその科の医師は、〃診察をしない〃と拒絶する。都の病院で！　医師法に疎い私。

数十年来の精神疾患は、やっとこの数年、自律神経失調症や過換気症候群が落ち着き、神経科の医師のおかげで今は不安症だけ。セルシンで気持ちも穏やかになったが……。

〃拒絶〃されたことが不安や不信を招き、そのことを思い悩むと胸が苦しく、血圧も二二〇を超す。

突然の立ち退き通告

父と娘のすべての絆を捨て、私は突然戦うことに。

私が銀座の大箱クラブでも銀座一、二の有名店の雇われママとして働いていたある日、家に戻ると父が考え事をしながら待っていた。

「孫はさっき寝たばかり！」

「お疲れ！　見守ってくれるので助かっているワ」

「少し話がある！　俊一に銀行の保障人を頼んだが即座に許否され、月末の手形が落とせず困っている。泰子！　何とか一〇〇万円をお父さんに……」

よほど困り果てたのか！　付け加えて……、

「K君も小学一年生になり、夕方母親が着物を着て銀座に行くのは可哀想。事務所の一部分を泰子に明け渡す権利として、明日中に一〇〇万円を融通できないか」と話を持ちかけてきた。

「再契約が二ヶ月後だし、その間に内装をして銀座も卒業するワ」

父との会話はすぐ決まった。明日の夕方、父がアパートへお金を取りに来ればすべてが丸く収まる。

翌日、オーナーに顚末《てんまつ》を話して二ヶ月後に引退を決め、ホステス一年生のヘルプから銀座で育てていただいた多くの顧客に挨拶し、虎ノ門の店にも来店していただくために、会社巡りに日夜、奮闘した。

二ヶ月が過ぎ、開店日には時の大臣も来店した。大臣は麻雀が好きで、一階のリウさんの店で午後十一時まで麻雀をし、その後、私の店で午前二時までカラオケをした。

私が「遅くまでカラオケをして愛宕警察が苦情に来ると困るから」と早く帰るよう促すと、〝大丈夫！〟と聞き流す。古き良き昭和の高度成長期の中、店もその恩恵を受けた。

〝光陰矢の如し〟充実した毎日なのに何故か日ごと、心の中でざわめきが！　違和感が心に芽生え、意を決死し一階のリウさんの麻雀店へ。父と二人で食事中のリウさんの顔を見ず、父の目を見て大きな声で話した。

「突然ですみません。来週から内装をするので騒音がしますが、麻雀の開店には迷惑をかけないように、午後三時には音は出しません」

するると父が重い声で、

「この土地ごと森ビルに売却するために、手付金をもらった！　来月末に明け渡しをする」

と言い、一旦リウさんと顔を合わせてから続けた。

「一〇〇〇万円を渡すから、来月中頃までに退去してくれ！」

父の渇いた声に重ねるように、私は大声で言った。

「そんな大事なこと、何故もっと早く知らせてくれなかったの!?　土地を売却するなんて知らないから、内装の着手金として業者に五〇〇万支払ったのよ！　立ち退き料に一〇〇〇万もらったって、工事をやめれば私、違約金を支払わなければならないの！　一〇〇〇万円で立ち退いたら私はゼロで……子とこれからどう生活するの⁉」

私は架空の話で即答した。実父とはいえ、子と二人で生きていくためにここが正念場、働く場所を確保しなければ〝元の木阿弥《もくあみ》〟。血肉を分けた父と争おうと、子と二人で生きるために一歩も引けない。父はリウさんに気を遣いながら、間を置いて言った。

「いくらなら退去するのか！」

私は荒々しい声で答える。

『『１１７』の顧客は、知っている通り永田町、霞ヶ関、銀座の一部二部上場のトップが多いから、赤坂に同じ広さの『１１７』を開店したい」

父は一瞬、リウさんの顔を見て「少し考えさせてくれ！」と言った。

昼間のランチタイムを休業した私は、父との会話を顧みて悲しくなった。あの戦火の中、中国北京へ向かった時、六歳の私は父の愛情をすべて注いでもらっていた、今は？

妻リウさんファースト……すべての愛情はリウさんへ。昭和二十二年（一九四七年）から今、昭和五十九年（一九八四年）、子より妻を取ることは理解できるが、父の立場を理解しようと思っても、これから先、子と二人で生きる私としては、この正念場を打開しなければ……。

突然に降って湧いた災難に、私の感情は冷静さを失い、昼間のランチタイムの営業を休んだ店であれこれ考えても納得ができず、心は闇の中を彷徨う。夕方、怒りを抑え切れず気が狂ったように店内の椅子を力任せに床に何度も何度も投げ続けた。私の全身は夜叉と化し、自身を止めることができず、迷いの渦の中に。そこへ父が血相を変えて飛んで来て、

「お母ちゃんの店は営業中なんだ、頭上でバンバン音がして客に迷惑がかかる！　椅子を投げるのはやめてくれ!!　お父さんのために！」

と悲しげに私に縋った。そんな父に私は積年の思いをぶちまけた。

――六年前に小切手が落とせず、俊一兄に保証人を頼んだがひと言で断られた。でも私は兄の心情は理解していた。母が死んでから兄は家庭の愛、家族団欒《だんらん》さえ味わうこともなく、結婚するまでずっと一人ぼっちで寮で暮らした。月末に生活費を取りに来て、リウさんに〝臭い！〟と罵声を浴びせられても不良にならず、食費を浮かせて辞書を買い、国立の大学に入学した。そして卒業後は教師になった。私はそんな兄が好きだった。

甥Sのひどい仕打ちを三度も味わった。Sは私の人生をも狂わせ、何度絶望したことか。その後始末に、昼間の店を閉めて大切な顧客の会社へ一ヶ月間、手みやげを持って日参した。

結果、疲労の蓄積は日ごとに増して心身に異常が生じ、突然恐怖感に襲われて呼吸困難になった。病名は〝パニック症候群〟。光が眩しくて外を歩けず、代官山の住居はシャッターがあるので一日中シャッターを下ろし、テレビの光も眩しくて暗闇の中で息を潜めて暮らしていた。

そんな時、Sの父親と母親が来て言った。

「泰子！　助けてほしい。ヤクザの彼女から借金をしたが返せず、昼夜かまわず借金取りが家に来る。弁護士を紹介して……いや、一緒に付いて来てほしい！」

その虫のよさ！　Sの件では詫びのひと言もなかった三兄は、病床の妹の家に土足で訪れた。二度と三兄と関わりたくなかったが、萎《しお》れた姿に哀れみが湧き、これが最後と心に言い聞かせて、当時弁護士でありながら衆議院議員だったKI先生の第二議員会館へ連れていった。

KI先生は三兄の心状を事細かく聞いて、解決策の子細を教えてくださった。それなのに三兄は一時間の弁護士先生への報酬も支払わず、地元の安く済む弁護士に鞍替《くらが》えした。それればかりか平之内家の〝長男〟を長男として扱わず、あまつさえ檀家《だんか》寺の墓守りの私を突然に追い出す！

父は黙って聞いていたが、ひと言、「泰子、お父さんの気持ち、立場も分かってくれ！」。

そんな父の姿を見て、父の悲痛な気持ちに少しでも寄り添おうと思った。もしリウさんの機嫌を損ね、父の年齢で離婚されたら……。父の妻と娘のはざまで苦しみ懇願《こんがん》する姿が娘として悲しかったからだ。

私は椅子を投げるのはやめ、泣きながら言った。

「お父さんがリウさんファーストでしか生活できないことは、中学生の頃から理解していた。中学生の私に『泰子だけでも〝お母さん〟と呼んでほしい』と言ってたものね。お父さんが大病したあとに、三人で日比谷公園まで散策したのも覚えてる。リウさんは、歩くのも難儀なお父さんの杖の代わりになって手を携えてくれてた。大変な数年間を陰で支え、会社の経理を任せて会社を立て直したことも、女性の鑑《かがみ》だとずっと思って、私は心の底で感謝していた。

だけど、私も十歳の子を持つ親なの。二十歳になるまでは両親のいる子より、せめて金銭的な面の悩みで心配はかけたくないの！　母親として、父親の分まで全身全霊で子を育てる義務が私にはあるの！　だから一〇〇〇万円ではゼロに等しく、子と心中に追いやられるかもしれない。

以前、お父さんが困ってた時、一〇〇〇万円を融通したよね。あのお金は、Tの伯父さんが私の子のために一〇〇〇万円の生命保険に入っていたんだけど、数年後に突然亡くなって、子に保険会社から下《お》りたのを預金し、それを解約して渡したのよ。今まで誰にも話さなかったけど……。

だから、子と二人で生きていく最低限度の金銭は必要なの。場所も赤坂じゃないと、虎ノ門に通っていただいた顧客を維持できないのよ！　私のほうこそ、助けてほしいです」

父は私の話を黙って聞き終えると、肩を落として階段を下りていった。

キャバレー

複雑な人間関係の絡み合った糸を解《ほど》くすべもなく、すべての夢は挫折して、Y社長の悪夢の店を辞め、病院に一ヶ月半の長きにわたり毎日点滴に通った。

通院に専念できたのは、新橋にある雀荘の譲渡権利を、知り合いの社長に頼みに頼んで買い値の半分で買い取ってもらったおかげで、毎月の家賃の心配がなくなったからだ。

体調も少しずつ元に戻り新たな年を迎えられたが、自分に適した仕事もすぐには見つからず、気ばかりあせる。道行く人が皆幸せに見え、私一人がのけ者にされてこの世の中から弾き飛ばされている感じがし、職を失って半年間は虚ろな気持ちで無意味に過ごしていた。

そんなある日、新聞の求人欄に銀座二丁目の「もみじ（仮名）」というキャバレーの求人広告があるのを見た。年齢は四十五歳までの条件で、ホステスの募集であった。早速面接に行くことにした。

店は一、二階が客席になっていて、客席の脇を横切り細い梯子《はしご》のような人一人がやっと上れる急な階段を上って三階に行くと、そこには劇場の楽屋と見紛うばかりの色とりどりのドレスが所狭しと掛けてあり、甘酸っぱい女のすえた匂いが紫煙とともに目に染みてむせ返った。

マネージャーの差し出した面接用紙の生年月日記入欄へ年齢を書き込む時、私は他人事みたいな思いになった。

当時五十二歳の私だが、シミ、シワは少なく肌の艶もあり、目に付くような白髪もない。身長一五八センチメートル、体重四十六キログラムでスタイルも良く、可愛らしい恰好《かっこう》をしたり個性の発露という感じでお洒落《しゃれ》をすれば、とても実年齢には見えない私。何の抵抗もなく「四十歳」と書き入れたのだった。

マネージャーのDは、書き終えた面接用紙を見ながらいくつかの質問をした。

「何か身分証明書を見せて」

「今日は何にも持参してないの！」

「昭和二十五年生まれだと、干支は？」

「寅年です」

微笑みながら甘い声で答えた私に、Dはニコニコしながら「今晩から働いていく？」と尋ねる。

「明日からにさせていただいてよろしいですか？」

「いいですよ。では店のシステムを話しますね」

と笑いながら、営業内容等の心得を懇切丁寧に話した。

「店の休日は第二、第四の日曜ですが、ほかの祭日、日曜日の出勤は自由です」

Dは、優しくひとつひとつ親切に教えてくれた。

月に二十八日出勤すれば三十五万円くらいの収入になると聞き、私は嬉しかった。職を失ってから半年間の苦しみ、つらさから今、解放された。不安は解消され、明日から仕事に打ち込めるのだ。

面接後、嬉々として二階から一階へと下り、営業の始まった生バンドに見送られて外に出た。就職祝いにとびきり上等のドレスを買おうと街の人混みに交じり、すがすがしい気持ちで銀ブラと洒《しゃ》落《れ》込んだのだ。

そして、道行くすべての人々に大きな声で教えたいほどの衝動にかられた。夜空の星にウインクし、友達の店で赤紫色のワインを飲み、「さあ、明日から私の出番よ」と自分を励ます。

これから足がどれだけもつか分からないが、一日でも長く続いてほしいと祈る。足が悪いハンデを胸の奥に秘め、他人に知れたらと絶えず脅えながらも、その脅えを幸福感に変えていこうと、身体いっぱいに嬉しさを表現し、ほろ酔い気分で家路に向かったのだった。

キャバレー「もみじ」のオーナーは、何度かテレビにも出演している有名人である。先代の養子になり、この地で創立六十余年の歴史と独特の商法で銀座、いや日本中にその名を馳せている。

しかし建物自体は昭和二十六年当時の木造二階建てで、事務所とホステスの着替え場所として三階を建て増ししている。建築法が制定される以前なので、中央区役所の建築課もお手上げ、知らぬはお客さまばかりで、ひとたび火災が発生すれば何百人もの人が蒸し焼きになる造りであった。

やり手のオーナーは銀座のほかに二店舗を持ち、銀座店はボーイからの叩き上げで三十余年のキャリアがあるRが店長だった。Rはマネージャー、ボーイ、ホステスなど、およそ二〇〇名の従業員の頂点に君臨し、すべてを任されており、自分の意に沿わねば何かと理由をつけて即日解雇する。労働基準法を知らない従業員は返す言葉もなく、荷物をまとめて退店するのだった。

ホステス百七十余名の中で一番長く働いている子は、店長と同じくらいの主だ。お局《つぼね》さまの彼女に睨《にら》まれれば、客席を外されてどこにも行けず、一階の女性トイレの中でポツンと佇《たたず》んでいるだけ。

でも中には優しい人もいて、そんな姿を見ると融通の利く自分のお客さまに頼んで呼んでくれ、互いに借り貸しでフロアに行ける。お客さまは格安な六時から九時までのサービスタイムで帰れば一万円でお釣りが来る。毎回呼ぶホステスも高級クラブと異なり指名を自由に変えられるので、ホステス同士、熾烈《しれつ》な競争をさせられたのだった。

私の場合、銀座のママ時代や虎ノ門、赤坂の「117」の常連客であった政・財・官の方々がお忍びで応援してくださった。若いホステスには真似ができず太刀打ちしようのない、何とも言えない豊かな物腰、雰囲気、態度、言葉遣いの優雅さが自慢だった。加齢と共にきらめきが増し、妖艶に真剣に見つめ合う空間は魅力的だったに違いない。店長から店のオーナーを紹介され、一年半の蜜月、それはそれは可愛がっていただいた。

自然の波長、掴み出す官能、羨望と妬みの過中で虚と実の交錯する日々。夢を追いかけたり、空っぽの居場所を一生懸命守ったり、そんな月日が流れて一年が過ぎた頃、Hに巡り逢った。

Hは遠方から週に三度も長時間運転し、私に会うためだけに、ジュースを飲みに店に通ってくれたのだ。お世辞にも美男子とは言えないが、仕事を次から次へと精力的に成し遂げている彼の疲れを知らない行動力に、いつしか私の心は奪われていった。Hが店に顔を見せないと気にかかり、仕事も手に付かず心がからっぽになる。そんな時、出張先の青森からりんご箱を店宛に送ってくれ、安心と喜びを味うのだった。また、ひょっこり姿を現したかと思うと彼の持つ店舗が増えており、ただただ驚くだけだった。

何年も恋人もおらず、子育てと生きるために働くことを余儀なくされ、精神的、肉体的に追いつめられて女を忘れていた私は、Hとの不倫という名のとまり木に人生のつかの間のやすらぎを求め、いつかは別れが来るのを予感しながらも、とどまらなければ進めぬ命、甘く切ない夢を見たくなった。実年齢は五十三歳、いくら自分では四十一歳を装っても枯れつつある女の魅力が消え失せないうちに、自然体で肩肘張らず、Hに縋ろうとしている私を見るのだ。

妻子ある人に恋をすれば狂おしい関係に翻弄されると解りつつも、深くのめり込んでいく己を自制することができない。女が恋をすれば目指すは愛する男《ひと》のみ。だが人生の半ばをとうに過ぎた男女が恋をする時、それは若者たちのようにただストレートに情熱だけで一緒になることはできない。そこには重ねた年齢だけの障壁も、また立ち塞がっているのだ。

店も子供も世間も、どの道に進もうかと悩んだ末に、私は店を休み彼の運転するトラックに乗り、彼の仕事先のデパートに品物を納入した。郡馬県前橋市、山梨県韮崎市、千葉県市原市・船橋市・鎌ヶ谷市・我孫子市、埼玉県尾上市・大宮市・浦和市・川越市、東京の東村山・滝山、神奈川県の溝ノ口と、関東一円をかけずり回り、売り子が休めば宇都宮で一週間手伝ったりと、旅から旅へ明け暮れ、片時もHのそばを離れず、Hが家に帰る時は「もみじ」でホステスをして暮らしていた。

彼のほうは家庭を顧みぬ夫。妻と子供は彼が帰らぬ時に家財道具を運び、どこへとも告げず引っ越したのだが、彼は妻と子の行方を捜すこともなく、不透明な意識の存在など少しも感じられなかった。それが私には非常に喜ばしく、安心させてくれたのだ。

人生を的確に歩み続け、ホッとひと息ついた顔がそこにはあった。私は分かっているつもりだった。そこへ到達するまでには、さぞ難儀な道程を経てきただろうということを。


彼は仕事を休み、私と新婚旅行のごとく湯河原、下田、銚子、潮来《いたこ》、鬼怒川などを気の向くままに旅行を続けてくれた。雲が流れていく昏《く》れなずむ初夏の色を映して、果てしなく絶え間なく流れていくほのかな夕映えの光の中に、ともすれば哭《な》きたくなるような胸の高ぶりを抑えて、私は過ぎてゆく刻《とき》の流れの中に身を沈めるのだ。静かに静かにヒタヒタと寄せてくるこの歓び、この空しさは、一体なんなのだろうか？

だが、そんな嬌飾《きょうしょく》は半年で傾き、彼の十二店舗も揺らぎ始めた頃、奥さんと子供が真夜中に代官山の私の家にHを迎えに来たのだ。彼は妻子と私のはざまで葛藤し、大きな変動のうねりに身を置き、癒やされない深い傷を持った私の無言のＳＯＳも無視して、家族と一緒に戻った。

人生は、まさに修羅場だ。歓びも、哀しみも、憤りも、過ぎ去ってみれば己の人生の決定的瞬間のように思えるのだった。当時の心境は、悶え、苦しみ、波の上の雑魚のように私は運命に振り回され、愚かしいこととは思いつつも同じことを繰り返していた。

彼が去った自分の部屋に一人落ち着いてみると、なんとも言えぬ虚脱感に襲われ、心の高ぶりは増すばかり。年甲斐もないと自分を嗤《わら》ってみても、どうにも泣けて駄目だった。バランスの取れた、ほどほどの関係なら長続きしたのだろうに、人生も仕事も愛もすべて破壊され、心は渇き、元の一人ぼっちの生き方に戻ったのだ。

愛しても愛されても壊れてしまう愛。愛が消えていくその瞬間、愛を惜しむ。人は修羅となって相手を恨み自分を呪う。その愛が大切であればあるほど、失う痛手は深いのだ。

私の心理のひだは闇に包まれ、愚痴をこぼすことも弁解することもせず、「もみじ」で一からやり直すために、この半年間、遠のいた人々に手紙を書き、新たな気持ちに戻るのだった。

しかし、Ｈに惹かれ店を休んでいるうちに、私の人生の歯車は少しずつ狂っていった。バブルがはじけ、「もみじ」に銀座七丁目、八丁目の高級店から若く美しいホステスが流れ来て、店も若返るために三十五歳以上のホステスを一年かけて首にする路線を走っていた。百七十余名の三分の二を占める女性を対象に、毎日二人、三人と解雇され、明日は我が身と震えるのだった。

私は女である恩恵と利益も意識し、ホステス業にいっそう磨きをかけ、昔のお客さまもお呼びした。その中に皇族の方もおられたので、店は売名のために私を首にせず一年が過ぎた。この一年で若い波に押され、年増は三分の一に減り、風紀も変わり、今は性風俗に自分の身体をさらして羞《は》じらいを知らぬ若いホステス。

性は商品ではない。愛によって結ばれて初めて性の快楽がくる。『愛なくして抱くことは淫である』と明治の末に田岡嶺雲は言い切った。含羞をなくしたホステスとお客のどこに美しさがあるのだろう。

最近では、いくらお客さまの指名があっても三十八歳以上は追われて行く日々で、寄るとさわると首の話で持ち切りだ。

そして、私にもその日が突然来た。平成四年（一九九二年）十二月二十三日である。この一年近くほとんど毎日呼んでくれた都職員が、生バンドで歌い終わり一階へ下りる時に二、三段踏み外し、転んで怪我をして頭から血だらけになった。私は救急車が来るまで看護していたのだが、「泰子！　一緒に死のう！」と私に抱きつき、血まみれの顔を私の顔につけたのだ。

彼がうつ病で都庁を長期休職していることは、いつも一緒に来る奥さまから二ヶ月前に聞かされて知っていたのだが、この時の言動がいつもよりおかしいので、奥さまもそばにいることだしと現場を離れ、救急車が病院へ向かうまで外で待機していた。だがそれが店長の逆鱗《げきりん》に触れ、私を解雇する機会をうかがっていたのと重なり、この時とばかり「首だ！」と迫ってきたのだ。

だが、相手が店長でも負けない。Hと離別したあとのこの一年間、遅刻はもとより一日とて休まずお客さまと毎日のように同伴して頑張ってきた。年増はほかに四、五十名おり、その中でも美貌にもスタイルにも自信があったから、解雇はまだ五十番目くらいかなと自分勝手に読んでいたが、突然の解雇の声。

翌日、オーナーの自宅に電話を入れ、この一件は社長が間に入って一旦は落ち着いた。

しかし店長が根に持ち、私の解雇のタイミングを虎視眈々《こしたんたん》と狙っていた。その日以来、指名の席以外は店がどんなに混雑してても、ホステスが足らなくても私を客席に付けず、私を干したのだ。

昭和二十六年（一九五一年）頃築の木造のあばら家！　継ぎ増しの建物の一階の女性トイレの一角に、行く席もなく三、四時間立っているのはつらすぎる。すき間風が吹き惨めさと凍てつく寒さで五感の感覚は麻痺し、一ヶ所に何時間も立つことによって悪い足も痛みがひどくなる。それでも泣きたくなる心を抑え、トイレに来るホステスたちの凝視の視線を感じながら堪え、差別、しがらみ、偏見、抑圧などに向かっていけたのは、ずっと昔に『死』を超えていたからだ。

これらは私の人格に対する屈辱であった。私が「もみじ」に入店したのは、ホステスとして仕事をする約束であり、店長が私に対して無意味な我慢を強いたりする資格は何もないはず。まして人間の尊厳を侵されることまで店に許したわけではないのだ。

何の理由もなく、白を黒と言う権威と闘うべく、店の法的違反をあぶり出すために官僚に六法を教えてもらい、もし解雇になったら、即、店長、社長の右往左往ぶりを見るために逆転ドラマを演じてみせようと、トイレの一角に立たされた時から心の中で思ったのだ。人の浮き沈みは世の中の習いである。沈むのも恥ではない、昨年末の事件以来、明日、解雇されてもかまわないと自分に言い聞かせ、心の準備はできていた。

三月二十三日、オーナーより出勤前に話があると言われ、待ち合わせの銀座四丁目のそば屋でご地走になり、人目があるのでオーナーの車の中で話をした。

「社交組合の会長の店でママを探している。その店は六丁目にあり、会長は役人大好き人間なので、泰子さんなら役人のお客が多いからちょうどいいと思うが……」

だがオーナーからのお話は即、断った。そして二日後の平成五年（一九九三年）二月二十五日の営業中、午後九時頃、指名のお客さまを席に残し三階の事務所に社長、店長、経理部長の三人から呼ばれ、『魔女裁判』が行われた。その結果、本日限りと決断が下ったのだ。私は冷静に受け止めて解雇に応じ、心の中で呟いた。

『オーナー、アナタ、お馬鹿さんね』

この深層の言葉が聞こえたのか、突然オーナーが誰に言うとなく、

「法的に何か間違っているか？」と。すると経理部長が、

「明日、今日までの給料と解雇予告手当を払えば大丈夫です」

そしてその声を追うように店長が、

「解雇予告手当を払うのは、巣鴨店で一人と、君で二人目だ」

私は、その店長の言い種《いぐさ》を聞いて、これではオーナーの輔佐《ほさ》はできないと思うのだった。

私が二年八ヶ月働いた間に、一〇〇人近くのホステスが首になったのに、誰一人、労働基準法に基づいて己の権利を請求しなかったという事実。だからオーナーはバブルが弾けた時に、株で三億近く損をしてもお金に困らず店は安泰だったのである。

ところがオーナーの心配した『何か』をほかの二人は軽く考え、後日、連続して襲ってくる各関係官庁の査察に度肝を抜かれることになるのだった。

報復

平成五年（一九九三年）二月二十五日で二年八ヶ月勤めた「もみじ」を解雇された私は、最後の二ヶ月間に味わわされた、つらかった虐待への恨みを晴らすために、労働基準法、消防法、建築法、衛生・環境法、道路交通法などの六法全書を読みあさり、専門的な法律を勉強して、すぐさま行動を起こしたのだった。

「もみじ」は幅七十センチ、長さ二・五メートルの冷蔵庫の長箱を外の区道に置いてあるので、食品衛生法と交通妨害法で管轄の中央区保健所に電話したのだが、公衆衛生を指導する窓口の人が、反対に私に食ってかかり、どなった。中央区保健所は「もみじ」に何年も毎月のように飲みにきており、店長とは阿吽《あうん》の仲、その関係は私自身「もみじ」の席に着いたりして分かっていたが、とりあえず段階を踏んだのだ。

次に中央区役所の区道課に電話を入れたが、

「銀座一丁目から八丁目まで軒並み看板や自動販売機があるので、その店だけというのは……」

と遠まわしに断られた。

私はこれらの妨害に屈せず、区長宛てに電話をした。もちろん区長は会ってはくれず、秘書が会ってくれることになった。

霙《みぞれ》の降る三月半ば、ＪＲの有楽町駅前からタクシーで中央区役所の秘書課へ行くと、秘書は区長に伝え、建築課、区道課にも伝えてくれた。

その一週間後、建築課に呼ばれ、再度中央区役所に行ったのだが、高飛車な態度で言う。

「君、この窓の外を見てみろ、ほとんど全部が違反なのだ。そんなこと、いちいちできない」

「地方自治が何の査察もしないなら、東京都、その上の建設省に直訴します」

私の激しい口調に、ぼそぼそと、

「今は忙いので、そのうち査察はするが、君にはその結果は知らせない」

といまいましげに話すのだ。

私は心の中で「順序を踏んでいるだけよ」とひと言言うのだった。

とにかく「もみじ」の区道に置いた長箱を撤去するのが第一の目的なので、中央区がのらりくらりなら道路交通法でと思い、警視庁に匿名で電話をした。管轄の築地警察署のトップも「もみじ」の常連で、私が在店中、偶然に築地署のトップが霞ヶ関に栄転する前日、「もみじ」に来ており、ヘルプに着いていていた。

彼が帰る時に入り口で「店長を呼べ」と高飛車に言い、飛んで来た店長に伝えた。

「自分は明日から警視庁に変わるが、後人にこの店のことはよく頼んだから」

そばで聞いていている私が、その時の警視総監の知り合いで十一階の総監室に何度か訪問しているとはつゆ知らず、権限を笠に大きな態度を取っていた。そのように「もみじ」は六十年の歴史があるので、中央区の地元はすべて揉み消されるから直訴するしかなかったのだった。

その二、三日後、友達が夕方「もみじ」の前を通った時は撤去されており、地元自治体より中央官庁の行動力に驚くと同時に、心から敬意と感謝をするのだった。

「もみじ」は、すべての地方自治体と大なり小なり癒着があるので、次の件については慎重に構えた。大手町の労働基準監督局へ、事前に局長宛てに電話を入れたが、局長は忙しいとのことで次長が会ってくれた。大手町の基準局は千代田区、中央区の管轄で、やはり窓口は店長と顔見知りで仲良しこよし。しかし私には本庁に大勢の知り合いがいるので、もし法律に沿って「もみじ」に対して悪いことは悪いと毅然と対処してくれなければ直訴すればいいのだし、初めから管轄を飛び越しては、窓口のメンツが立たないと思ったからだ。

基準局の次長と話し合う時、私は「もみじ」の図面と、労働基準法第六一八条と第六二〇条の違反について述べた。第六一八条とは、女性従業員二十名につき、トイレを一ヶ所設立しなくてはならないというものだ。「もみじ」は、ホステス百七十余名だから、つまり八ヶ所のトイレが必要だ。しかし三ヶ所しかなく、明らかに違反なのだ。早急に五ヶ所を作らなければ誰が見ても違法であり、この違法を長きにわたり誰も指摘せずに過ごしてきた。

第六二〇条とは、女性の休憩所、及び気分の悪い時に横になれる場所が必要というもの。これも守られておらず、三階を違法に建て増しし、窓のない狭い場所（その部屋に行くのに、高さ一メートル四十センチの入り口を通るわけで、それも建築法では違法）に百七十余名のホステスを押し込んでいるのだ。

私が訴えてから四ヶ月後に、苦肉の策でどうにかトイレ二ヶ所を新たに造ったのだが、まだ法律上は違法で、完全に実行していない。労働基準監督署の次長に「匙《さじ》加減的なことを『もみじ』に許してはだめ」とあれほど申し渡したのだが……。いずれまた関係官庁に直訴するつもりでいる。

そして建設省にも問いただすことがあるのだ。そばの中央区役所の建築課も違法を認めていながら、建築基準の法律が制定する前、つまり昭和二十六年（一九五一年）頃の建物は違法があっても摘発ができないそうで、火災にでも遭って何百人もの人が焼け死ななくては見直さないような法律の盲点に怒りを覚える。

労働基準監督署からの帰りに飛び込みで消防署の窓口の方と話すことができた。平成二年（一九九〇年）十二月二十三日午後十時半頃、「もみじ」で怪我人が出て一一九番通報があり、お店から国際聖路加病院へ運ばれた一件を話すと、記録を見て私の訴えを聞いてくれたのだ。

一、階段が急で、お酒を飲む人は、たびたび足を踏み外している。
一、二階に二百五十余名も詰め込み、地震、火災が発生したら、梯子のような階段では将棋倒しになるおそれがある。
一、昭和二十六年（一九五一年）頃の木造なので、ひとたび火災になれば五分もしないうちに二〇〇名以上の人が焼け死ぬだろう、と。

東京消防庁は本来、管轄の京橋消防署に依頼するのだが、事態を重くみて即、査察に入ってくれた。

その結果、確かに建物は四十余年前のままで、ホステスの出入り口の高さも一メートル四十センチと違法で、何か起これば大変なのは分かるが、消防庁は建設省に口は出せないとのことであった。

人間は何故に大事にならなければ改心しないのだろうか。大事故が起きてからでは間に合わないのに、困ったものである。

和解

解雇されてから三月、四月と、季節は春爛漫《らんまん》なのに私の心は凍りついて鬼と化し、荒れ果てた空っぽ。恨みつらみを晴らす夜叉になり、荒れ狂っていた。誅戮《ちゅうりく》せずともすべての違反をあぶり出して、私の味わった苦しみを法の下に彼らにも味わわせたく、法律に則《のっと》るとはいえ、恐ろしい勢いで突っ走ろうとする己自身の心を抑えることはできなかった。

たしかに「もみじ」は法律の盲点を縫って、女の心と生き血を吸い上げ、六十余年をこの地で泳ぎ抜けている。

バブルがはじけ、高級クラブから若く美しい娘もキャバレーへと流れてくる。老残の兵が隅に追いやられるのは世の常とはいえ、この二年八ヶ月の間に消えない深い恨みを持っていた。

店長だけでなく客のLにも。

Lが初めて店に来たのは、平成三年（一九九一年）の暮れのことだった。常連の顧客Bが仲介してくれ、Lは気に入って翌日一人で来店すると、こう言った。

「僕は銀座で飲んだのは先日が初めて。店のシステムを教えてほしい。週に二度三度と遊びに来て、君を絶対に呼ぶから、若い美しい娘を！　また、店長も招介してくれ」

Lの希望どおり次から次へと美人ホステスを五、六名呼び、Lの席はほかの客の羨望の的に。私は常に脇で席を盛り上げることに徹していた。

Lは「自分は医師だ」とホステスに話し、「昨日は学会に、今は〇〇医大の帰りだ」と自慢げに言う。

来店すると必ず新しいホステスを呼び、脈を取り病名を付けて、次回来店の折にクスリを二日間分ただでくれる。だが以後は一週間分一万円の請求！　支払いができず数万円も溜まると、遠まわしに、

「新宿二丁目のニューハーフM子は一回に五万円を手渡す。だからM子は常識があり、可愛がる」と、M子の主治医であるがごとく二人で写した写真を見せびらかす。私もその店に二、三度連れられ一緒に写真も撮った。

Lに呼ばれた一年間、薬代金の五十六万円を、五円玉で作った〝カメ〟〝こづち〟〝宝舟〟と金品として支払い、私から数多くの作品を取り終わるや、初めの約束は破棄され指名を外された。

店のシステム上はお客さまの自由で、呼ばれなくても何も言えぬ立場。しかし五十余万円の薬代を私の弱みにつけいって受け取っておきながら、還暦も過ぎた初老医師のする約束違反と一人の女を傷つける言葉。人は言葉の持つ重さとその意味を反芻《はんすう》し続けることを忘れてはならぬはず。言葉には、それだけの力強さがあると思う。

席に呼ぶ、呼ばぬはLの気持ち……私はLを恨んだ。Lは相変わらず若い美人ホステスをはべらせ、店長を跪《ひざまず》かせて悦に入っている。

そしてＬが私を毎日は呼ばなくなったのと時を同じくして、店長が私を露骨に毛嫌いするようになった。

来店すると朝六時頃までカラオケのハシゴで引っ張り回し、突然、指名を切られる悲哀を感じた私にとって、五十六万円の薬代と称するお金は無意味。私は一度も飲んでいないからだ。あの初めて来店した日、私の脈を取って、「泰子さん！　筋腫があるからこの薬を二、三回飲んだら？」と言い、それからは毎回来店時に薬を手渡されたが、私は一度も飲まなかった。半年後にＬが「筋腫！なくなっただろう？」と言った時、私は指名欲しさに心ならずも「先生、筋腫は消えました」と悲しい嘘をついた。

若いホステスの前でＬに逆らうことは二度と指名されないことと咄嗟《とっさ》に思い、それが怖かった。「もみじ」で働くためには、堪えることも、嘘の返事をすることも必要だった。ここが私の最後の働き場所と定めていたから……。

しかし、平成五年（一九九三年）二月二十五日に解雇されたあと、三月十五日の確定申告締切日に間に合うよう、Ｌに医療控除五十六万円の薬代の領収証を請求した。だが、逃げて電話にも出ない。Ｌの名前と電話番号から住所を割り出し、私鉄線の駅に出向いた。

北口は賑《にぎ》やかな商店街だが、Ｌの医院がある南口一帯は、都心から三十分ほどなのに果樹園が広がる静かな田園風景だったことに驚いた。

Lは突然の来訪に観念し、近くのファミリーレストランで昼食をご馳走《ちそう》してくれたが、当惑顔で、

「近いうち必ず電話を入れるから、今日は何も言わずに帰ってほしい！」と言う。

あまりの狼狽《ろうばい》ぶりに気の毒になり、Lの気持ちを察して帰った。

その後Lから電話があり、語気を荒げて「領収証を請求するなんて君だけだ！」と。

「ほかの人はほかの人です。その人たちは確定申告を無視して違法なことをしているから、必要がないのでしょう！　私は毎年青色申告をしています。何十年も税務署に国民の義務として……」

「……」

「領収証をくれないなら結構。税務署及び厚生省に直訴します」

「そんなことをされたら僕は困る。お金は返すから」

「お金は要りません！　一年間に支払った薬代、五十六万円の領収証をくだされば済むのです」

「新宿のM子も、君の働いていた店の誰一人、請求などしない！　何故!?　君だけだ！」

「確定申告に必要ですから！」

「……困った！」

「私の支払った薬代金の領収証をください」

「近いうち渋谷で会ってくれ！」

「先生と二人では嫌なので、Bさんと来てくだされば……」

その二日後に渋谷ハチ公前で待ち合わせ、私とLとBさんの三人、小さな居酒屋で話し合った。

Lは絶対領収証を渡さないと頑固に拒絶する。しかし私は「もみじ」でLから受けた恨みを晴らしたかった。Lは約束を破り、私を指名から外したのだ。そして店長は私を首にした。

その時期、私には厚生省にも「117」時代の顧客が大勢いた。薬事法違反で訴えることは簡単で、Lの高慢な態度をへし折りたかったが、間に入ったBさんが困っている様子。私もLの弱々しい姿に戦う心が失せ、普段の優しい心に戻った。

Bさんが「もみじ」にLを初めて連れて来てからの一年間が、次から次へと走馬灯のように浮かび、消える。

その時、Lがいきなり、

「泰子さん！　薬はプレゼントする。金は返すから、何もなかったことにしてくれ！」

と頭を下げた。初老の白髪頭がやけにもの淋しく映る。

Lが素直に詫びたので、私の氷も溶けて、すべてを水に流すことにした。

五十五歳の手習い

二月末に「もみじ」を解雇されてから三ヶ月、新聞の求人欄を毎日端から克明に調べても、三十五歳までがほとんどで、五十五歳ではビルの清掃員しかなかった。それも足さえ健全なら時給の一三〇〇円は魅力だが、障害の身ではままならない。貯《たくわ》えも底を突き始め、にっちもさっちもいかず思案のあげく、「障害者の手引き」の中に自動車の免許取得の二十万六〇〇〇円を見つけた。車が運転できれば仕事の幅も広がる。

早速、区議AH氏と区役所へ。細かい手続きを教えてくれた。AH区議は義眼・義手だが、人の痛みの解《わか》る方。この先生を慕って多くの人々が互いに支え合っている。

私は先生の紹介で二子玉川にある教習所へ通うことになり、鮫洲《さめず》の警視庁交通検査所での適性検査を受けるための書類をいただきに行った。

適性検査では、右股関節機能全廃で固定しているためにアクセルに力が入るかの検査があり、心の中で母に祈った。『アクセルを力強く踏ませて！』と。

無事に許可証をいただき、自動車教習所での〝五十五歳の手習い〟が始まった。

急がず毎日、学習と実技を一時間と決め、我が子と同じ年頃の中に入り講習を受ける。その時間は浮世のつらさを忘れ、タイムトンネルで四十年も昔の高校生に戻ったようで毎日が楽しく、ルンルン気分で通った。

最低限、実技二十七時間が必要なところを、五十四時間と年の数だけかかり、経費も高く、支払いもダイヤの指輪を質屋に入れて学費をつなぎ、平成五年（一九九三年）九月六日、東京都公安委員会発行の真新しい免許証を手にした。

思えば、がちがちに凝り固まった頭で鮫洲に試験を受けにいったが、一回目、二回目が八十九点で合格には一点足らず、自分の馬鹿さ加減に呆《あき》れた。

父は六十歳の時に試験に一回で合格している。父の凄さをしみじみと感じた。父が免許証を取るきっかけは、運転手を募集しても小さな会社ゆえに来ず、若い男性社員に免許を会社持ちで取得させて運転手にと思っても、免許を取ると二、三ヶ月で退社。その後、三人も同じことの繰り返しなので意を決し、自分で免許を取得して自ら運転し、得意先に配達したのだ。

私はせっかく取得した免許！　障害福祉協議会から二パーセントの利子で一七〇万円を借り、新車を購入し、十月七日より代官山の自宅から原宿の勤務先まで通った。

紅葉の季節なのに、心は春爛漫な日々であった。

財産をめぐって

父、静雄の先妻、私の実母克子《よし》は昭和十六年（一九四一年）一月三日、次女出産時に共々に天国へと旅立った。

新聞社勤務の父は、その日から名古屋、大阪へ子連れで転勤したが、中国北京へは単身で行かなければならず、母親と暮らす父の兄・正雄と、その妻・しもに我が子を預け、後ろ髪を引かれる思いで海を渡ったのである。

戦火の中、幾日もかけて、一年間に二回も帰国。父親の愛情の深さと親や兄に迷惑をかける心苦しさからか！　戦局が刻一刻と負けへと迫る中を兄妹を迎えに来て、翌年八月十五日に日本は敗戦日を迎える！

その日から北京に在留の日本人は次々に帰国の集結所の天津へ。何故か父と兄妹の四人は名簿から其のつど誰かが抜き取られ、父の顔が日ごとに暗く悲しげに沈んでいく。乗船は幾度も揉み消されたが、かすかな蜘蛛《くも》の糸に引き寄せられ、やっとの思いで最後の引き揚げ船で帰国ができたのだった。

品川で旅装を解いたが、その折、近くの京急〝立会川駅〟で降り、父と私は亡き母の実家へ行った。帰国の挨拶と孫の私を見せるために。しかし、いきなり罵声が！『平之内!?　そんな名前は知らない！』と追い返された時の父の悲しげな姿を、九歳の私はじっと見据えていたのだった。

当時の稲城村大丸の引き揚げ寮に、長い旅の定住を国より与えられた。

休む間もなく父と兄・俊一は立川の米軍基地に日雇いの稼ぎに出た。中学生の兄が学校へも通えずモッコ担ぎ、Z世代の方々には想像もできないような現実だった。

父は民生委員と村会議員に加え、外堀通りの虎ノ門から新橋までの焼け跡が残る港区芝琴平町に僅かな土地を購入、荒物卸〝睦〟を設立し、近くの官庁や内幸町のNHKの出入り商人になったのである。

再婚したリウさんが経理や事務を執る小さな会社。倉庫はなく、得意先から注文を受けると問屋から直接配達に行った。事業も大きくなり自転車での配達では間に合わず、若い人に自動車の免許を取得させるものの三ヶ月ほどで退社！　その繰り返しで、やっと現実の状況に目覚めて自ら免許を取得、六十歳で一発合格して一人で三人分の仕事をこなした。明治生まれの男性の懸命の姿を見て、世の中で働くことの意義を私は自然に身に付けた。

バブルの半年前に土地を森ビルに売却し、その恩恵は受けなかったが、それでも九桁以上になった。そして、二五〇〇万円でマンションを買い誰一人知る人もいない光ヶ丘へ引っ越した。虎ノ門での副町会長や、愛宕署の防犯員、琴平神宮の祭りを若衆の中で謳歌《おうか》した数十年の忘れられない想い出を虎ノ門に置き、〝おやじさん〟の声掛けもない孤独な生活環境の中で、父の心は負の連鎖に！

私は赤坂の「117」の店が繁盛して光ヶ丘には一度も行かず、その間、養子に行った三兄が父に無心、言い訳を作っては借金。次は三兄の妻が借金と、代わる代わる何千万円も借り、彼女に至っては地方公務員の退職金で返すと念書を入れ、一六〇〇万円も！　二人の子は外で所帯を持っている！　何に金が必要なのか？　計り知れない。

そんな中、深夜のリウさんからの〝泰子助けて〟の電話。しかしその件が解決すると縁遠くなった。その隙間で、養子の三兄と妻の罠に嵌《は》まる。

「うちに引っ越してきたら？　空部屋が二つあるから、ゆっくり老後を楽しんだら？」

光ヶ丘のマンションは買い値の倍、五〇〇〇万円で売り、引っ越してびっくり。住居は差し押さえの赤紙が張られ、マンションの共益費も数年分の未払い。帰るに帰れずすべての清算をしたと数年後に知った。

三兄夫婦は父とリウさんに〝泰子に連絡をするな！〟と口止めして数年の年月が……。

突然、三兄より父の告別式の知らせが……。

父が茶毘《だび》に付される時、火葬場でいよいよ焼き場のドアが閉まると、心の中で父の名を幾度も幾度も呼び、脳が詰まり痛くなるほど。涙がとめどなく流れた。

聖マリアンナ病院へ我が子の運転で行ったあの日以来、突然の知らせだった。通夜も知らされずに！　父は天国で泣いている。何故だ！　と。

貪欲と貪欲のぶつかり合いで父の通夜も知らされず、それがあったことを知ったのは、後日檀家寺のご住職が、「何故、泰子ちゃんが呼ばれなかったのか⁉　こんな変な通夜は初めて」と言ったから。

喪主の名を妻のリウさんにしただけで、三兄がすべてを仕切り、葬儀社には私のことは知らせず、私を子とも親族とも言わなかった。直接には父静雄を知らない人たちが数十人来て、三兄の悪友たちと思しき人が、受付の係に大勢いた。

長兄俊一は胸に白い菊の花を付け、祭壇の近くにいた。平之内家の檀家寺、臨済禅宗鎌倉円覚寺派戸塚高松寺御本尊、聖観世音菩薩様の仏画も掛け軸も祀《まつ》らず、平之内家でない養子先の三兄が采配をしていた。

故人になった父は、天国から〝心の真実の世界〟を見ている。仏様の世界を忘れ、慈悲に満ちた救いの力に思いを委ねることもなくリウさんを操る三兄夫婦は、父が残した九桁の現金、国債を独り占め？　その意図がありありと見える。

この告別式を、さぞ悲しく見つめていたことだろう。お金があるがゆえに父の晩年は淋しかったのか？

ロンドン

ロンドンの素朴な街のおもてなしは、可憐《かれん》な花と温い心から始まった。ロンドン往復の旅は、我が子と私の今の幸せを眺めるための決断。決めてしまえば目的に向かってエネルギーがついてくる。

会社を休みロンドン行きを決めたのは、外務省保護課の三度目の電話からだった。一日の仕事が終わり解放され、ワインを飲みながらテレビを観ていた夜の十一時半頃だった。

「外務省のWと申します。夜分遅く失礼ですが、平之内さん！　お母さんですか？」

「ハイ！　平之内です」

「ご子息さんがすごく弱っています。即、ロンドンに発《た》ってください！」

私は返す言葉もなく相手の話を聞いていた。

「旅券、飛行機の手配にお困りなら、すぐにこちらで手配をいたします」

「ロンドンの大使館？　霞ヶ関？　どちらからですか！」

「外務省からです」

「私の子供のために、夜遅くまで仕事をしているのですか？」

「夜分にすみません！」

「いいえ！　頭を下げているのです。日本国民が外地で難儀しているのを、仕事とはいえ昼夜を問わず骨身を削り日本と海外の窓口で働いてくださっている！　ありがとうございます」

言葉に詰まり、涙が頬を伝った。遠い空の下で言葉も解せず不安な毎日であろう君が、〝ロンドンへ行かせて！〟と言ったのは二週間前だった。いきなり友達とロンドンへ三週間行きたいと。その時の君の輝く目を見て、どんなに無理をしても希望を叶《かな》えてあげようと私は思った。余分な蓄えはないが、君が夢みた海外の旅を応援しようと。

出発の二日前に同行の友達が土壇場でキャンセルを。君もキャンセルすれば四十四万が半額しか戻らず、一人で行けば約簡に書いてあるとおり十四万円を追加しなければならない。困って、考えても出発日は迫り、君自身がバイト先に休暇を取っている以上、笑い者になるのではと悩んでいた。そんな君の姿を見て私は言ったのだ。

「一人でも行きなさい！　英語が話せなくても、生まれつき口が利けないと思えばいい。必要な単語をメモして相手に見せれば通じるよ」と檄《げき》を飛ばす。

「何か起きれば現地の日本大使館へ行きなさい。迷いが起きたらコレクト・コールで私に電話を入れれば何も心配はないよ」

弱気な君を励まし、成田へ見送りに。君は小さな単語本を片手に初めての海外旅行。搭乗時間が迫ってくると顔は蒼白《そうはく》、「嫌だ！」の連発。

旅立ちの楽しい余韻などを味わうどころか、震えてお茶をひと口含むだけで目は虚ろ！　これで三週間もアパートで暮らせるのか？　不安になったが、私がオロオロすれば本人はよけい心細くなる？

「男の子でしょう⁉　行けば何とかなるッ！」

と元気づけたが、何度も振り返り搭乗口へと消えていった。

その夜、十一時に早速コレクト・コールが入り、電話の向こうから声がした。

「お金も何もいらない！　今すぐ日本に帰りたい！」

二十一歳にもなった我が子の弱々しい声に、これから先、私に何にかあれば一人で生きられるのか⁉　と心配になった。突き放すのも可哀想なので、「外務省に頼んであげるから」と励ました。

三週間滞在するアパートは、サウス・ケンジントン近くの高級なアパートで、日本人は我が子だけ。飛んで行きたいが仕事のある身、考えても仕方がなく、なりゆきに任せて私のロンドン行きは八月一日と決めた。

しかし前日まで毎日コレクト・コールが入り、この十日間、ほとんど水分しか取れず、在日総領事も毎日アパートに見舞ってくれたのだという。子供に簡単に「一人でも行きなさい！」と言った私だが、現在、神経病があり、電車、地下鉄、エレベーターにも乗れない。それが十二時間も飛行機に乗れるのか……迷う！

だが母親は強し！　我が子の病気が気がかりで、成田発十一時十五分のＪＡＬ四〇三便で雲上の人に。上空で睡眠導入剤を飲み、乗務員の〝ヒースローの上空です〟の声で眼が覚め、ほんのひと眠りの空の旅だった。

十二時間の時差惚《ぼ》けもなく、青、赤のランプも通らず手荷物を取り、紙切れに書いてある行き先をドライバーに見せて……と思った時、君がばつが悪そうに手を挙げて私の目の前に……。

ヒースローから東へ二十四キロ、ナイツブリッジにあるアパートに旅の荷を解き、夜、君と外に散策を。途中、夕食に立ち寄ったが、君は胃が受け付けずスープのみ。見送った十日前よりふた回りも細くなり、まるで蚊とんぼのよう。

翌日、在領事部に頼んだ60 GROVE END ROADのSt John & St Elizabeth Hospitalの敷地内にある「日本クラブ診療所（北診療所）」へ行き検査をしたあと、グリーンパーク前の日本大使館内領事部へ迷惑をかけた謝意と挨拶に。その後、市内を散策した。

ロンドンの空の下、異民族の生活と文化に目を瞠《みは》り驚いて興奮する。旅の歓びは国が変わっても言葉や歴史が違っても人間、みんな同じように生きているんだと……。

日比谷公園の二十倍もある公園には棚などなく、家族、恋人が芝生に寝転がり、大人も子供も上半身裸で日光浴をし、行く夏を楽しんでいる。紙屑、缶、びんなどはどこにも散乱しておらず、建物は低く、空はどこまでも広い。緑の木々は萌《も》え、大人がもう一度訪れたいと納得できるヨーロッパの香りがする。小さな路地に入ると花々が咲き乱れ、ツタの絡まったカフェや雑貨店があり、ワクワクする発見もあった。この辺りはロンドンの中でも最も洗練された高級地である。

ロンドンに来て良かった。我が子の病も軽く、思わぬことから子供と二人での海外の旅ができた。

「117」の顧客のCさんは、ロンドン在中の商社の方にヨーロッパのある国より電話で我が子のエスケープを頼んでくださり、多くの在ロンドンの日本人にもなみならぬ助けをしていただき、紙上を借りてお礼を申し上げたい。虎ノ門と赤坂の「117」に来客されたこのえにしを、私は大切にする！　と心に誓うのだ。

我が子は初めての海外旅行で精神と肉体に負の連鎖があったが、その後は〝さなぎが脱皮〟するように、バイヤーとして一人でもロンドンに買い付けに行くようになった。我が子の目利きは天下一品で、彼が選んだ日本でもまだ流行していない品物は、後日必ず反響が！　また、ロンドン行きからタイ行きへと変更し、自然にその国の言葉を覚え、友達もできた。

その要領を垣間見て、ライオンの親は子を谷底に落とし這い上がるのを確かめると聞き及ぶが、我が子の初の海外の旅は、彼自身のその後の成長の礎《いしずえ》になったと思う。あと何年……君と一緒に生活ができるか分からないが、子は親を越えて力強く未来へ向かい飛び立ってほしい。

私は三十余年前、虎ノ門病院に入院中、N院長に、

「私は自分の二本の足で歩き、愛する人の子を産み、その子と外国の空の下で手をつなぎ散策をしたいです」

と言った。その夢が現実となり、君と歩いたカムデンロック、あの時の幸せを今も噛み締めてい

る。

一度ロンドンを訪ねた人は再び訪れると聞く。近い将来、君と再びチェルシー、ニューボンド、リージェントやオックスフォード、ケンジントンなどで買物をする日を夢に見ている。

嫌な出来事も教訓のために書き添える。君とケンジントンの一角で昼の食事をしていた時のことだ。

「夜は昨日の大三元の焼飯を……」

「しまった！　オーブンに入れっぱなし……」

君の顔面が青く引き攣《つ》り、支払いもそこそこに慌てふためいてタクシーに乗ってアパートに向かう。その八分間、黒塗りのオースチンの中で、私は亡き母と君の父親に、

『助けてください！　火事になっていませんように』

と何度も何度も繰り返し祈り続けた。

やっとアパートに着き、入り口の扉を開けると油のにおいがした。三階の廊下に行くと焦げ臭い油の混じったにおいが漂い、室内中が煤《すす》に覆われて、あと三十分も気が付かなかったら火事になっていたところだった！　もし一六六六年のロンドン大火のようになったら、大使館では追いつかずに日本国の罪に！　君自身も、ロンドン警察に逮捕され、楽しい旅が一転暗黒になったのだ。今思い返しても胸が騒ぐ。

キッチンはもとより、トイレ、風呂場、床はすべて煤で真っ黒。それを母と子は無事に綺麗に掃除をした。後始末《あとしまつ》に無中で！　顔中が真っ黒になり、その顔を見てお互いに苦笑い！

亡き母は、いつも私のピンチを必ず助けてくれる私の運命共同体であり、守護霊でもある。『お母さん!!　あなたの孫を救ってくださり、ありがとう……』心の中で、私は繰り返し言葉を重ねた。

目を瞑ると、母の慈愛に満ち溢れた『泰子！　大事にならず良かったネ！』という優しい声が聞こえた。我が子と二人で過ごした二週間足らずのロンドンの街は、何故か愛しい心のふる里に！

そして、帰りの飛行機でもラッキーな出来事が……。我が子はパックの旅だが、私がビジネスクラスゆえにＪＡＬの恩恵を受け、その中でも一番広い席に。

「ママさん、食事も全然デラックス！」と喜ぶ我が子。

往きは、睡眠薬のおかげで離陸後すぐに熟睡し五分の時空だったが、帰りは、ワインも堪能して快適な十二時間。ヒースローと成田を結ぶ、至極の旅だった。

まだ〝茶寿〟まで二十二年ある今の私は、夢をもう一度と、我が子とロンドンへの旅の夢を抱く。英国民の皆さまの優しいエスコートに感謝しつつ、再び訪れる日を！

開店、交通事故三件、閉店

平成七年（一九九五年）七月七日、国立競技場と明治公園に面した外苑西通りに、僅か八坪ながら店を出した。紆余《うよ》曲折はあったが長年の夢、子供との共同経営を実現できたのだった。

私にとっては最後の砦!! 店名は虎ノ門・赤坂時代からの「117」と子供が考えた「バンパイア」を合わせ、「117バンパイア」と名付け、看板も子供が作成し完成して無事オープンにこぎつけた。

昼間はランチを出したが人が集まる場所で（その頃フリーマーケットが流行《はや》り始め、毎週土日は国立競技場でサッカーが開催され、近くに神宮球場もあり、青年館では時々宝塚の公演、また外苑の花火大会などもあった）、店は昼間の売り上げが連日五万円近くあった。

夜のとばりが下りると、遠く霞ヶ関、永田町の方々や財界人が来て、

「ママ！　開店おめでとう、良かったネ！　ここでは昔の仲間と各省庁の垣根を越えて楽しいお酒が飲める。ママ！　開店を待っていたのだよ、同窓会だ!!　ここなら安心して飲める」

と、口々に開店を喜んでくださったのだ。赤坂「117」を閉店して七年の月日が過ぎていた。

オープンして三ヶ月、上々の滑り出しであった。あの九月二十九日のバス事故さえなければ……。

バスに乗る時は障害者手帳を見せるのだが、その日、乗車した入り口でバスが急発進した。だが私は利き足の左足で身体を支える〝一本足のかかし〟なのだ。右足は機能が全廃のため立っていられず、そのままバスの後部まですっ飛んで左回りに回転し、横に倒れてしまった。

運転手は「すみません」のひと言も言わず走り続けた。見かねた乗客の方が散らかったランチ用の生鮮食品を拾ってくださり、私と一緒にバスを降りて名刺を差し出しながら言った。

「あれはひどい、バス会社に言ったほうがいいワ‼　私が証人になるから……」

地獄に仏とはこのこと？　やさしさに涙がとめどなく流れた。

ランチの準備をしているうちに、だんだん右足の甲が腫れてきて、腰を思いっきり打ったので立ち仕事もできない。急遽《きゅうきょ》店を休業にし、バス会社に電話をした。すると事故係がすぐ店に来て、病院へ連れていってくれたのだった。

「すべての非は当方にあります。責任は取りますので身体を治すのに専念してください」

しかし思ったよりひどく腰を痛め、一日置きに腰に注射をしに通院。その日から十月、十一月、十二月と昼間のランチは休業することになった。出鼻をくじかれたが、現実には身体を治すのが先。

ところが今度は通院中に事故に遭った。左の利き足をタクシーのドアに思いっ切り挟まれ、座り込んで達磨《だるま》のようになった。

そして二件続けば三件目もある。十二月二十一日の通院の帰り、タクシーの料金を支払うべく中腰の姿勢になった（右股関節全廃のため、座った姿勢ではドライバーにお金が渡せない）。

その時、停車中のタクシーに単車が突っ込んできた。単車はスピードを落とさず猛スピードでぶつかってタクシーの後部バンパーをグシャグシャにすると、タクシーの下に潜り込んだ。その反動で私は一瞬だが何秒か気絶した。流れ出たオイルの臭いで目が覚め、もうろうとした頭のまま車外に出た。

やがて救急車で搬送されたが、病名は「頸椎捻挫」、いわゆる〝鞭打ち症〟である。

ひとつひとつの事故による身体の捩《よじ》れ、部分は異なるが一人の人間の事故による身体の区別にどこで線を引くか？
一、バス事故……右足の甲と腰
一、タクシードアの事故……左の利き足
一、単車事故……頸椎捻挫（鞭打ち症）
二件目のタクシー会社は三件目の事故と一緒の会社だと言い、治療以外、あとはすべて拒絶された。あの日から子供が夜だけ細々と営業を続けた。

私は完治しなかったが、一件目のバス会社とは和解した。そして平成八年（一九九六年）三月二十九日をもって、タクシードアの事故、単車事故に関連するすべての通院を打ち切った。

四ヶ月にわたる通院の移動費、マッサージ代の立て替え、店の維持費、住居賃代、水道光熱費と、収入が少ないのに支出ばかりが湯水のように出ていく。この時、亡き人の忘れ形見の貴金属、銀座時代の大切な時計など、金目の物はすべて売ったのだ。

　知人にも借金をしたが、他人に頼むのも限界。サラリーローンをと思い二、三ヶ所に電話をするが、三十九・九九パーセントの利子とか。借りると人生が狂いそうになる予感。今の世、弱者が生きるのは大変なことだ。

　加害者（ドアの事故）のタクシー会社と単車事故の相手は四ヶ月の間、一度も見舞いに来ず、タクシー会社は任意保険に入っていなかったため、自賠責（一二〇万円が最高額）も被害者に対して会社サイドの査定。

　不安が不安を招き大きなストレスとなり、さらに症状が悪化する。気分の落ち込み、不眠、身動きができない苛立《いらだ》ち。月日が経つに従い尿が出にくくなり、胃がキリキリと痛んで内視鏡の検査をする。耳と頭もおかしくなり、ＭＲＩ、ＣＴ、神経内科と病院依存症。毎晩カラーの夢を三十分に三、四本と見てはすぐ目が覚める。身体の痛み、通院の苦しみ、お金のない心細さ、明日も同じことの繰り返し？

〝もう死のうかな？〞悪魔が囁く〝死ね！〞と。前に進むことも後戻りすることも、そこに踏みとどまることすら今の私にはできない。どこで歯車が狂ったのか。加害者の不法行為によって肉体的な痛みに加え多大な損害を受け、悲惨な状態に追い込まれて薄氷を踏む毎日。

五ヶ月が過ぎても保険会社からは何の連絡もなく、私は我慢の限界がきて本社の秘書課に電話をした。

すると私の窓口は都心から遠く離れた〇〇区とのこと。そこまで行く体力、気力がなく、とにかく〇〇区の窓口に電話をした。

すると「係は外出中です」と。私は係の方が電話口に出るまで毎日かけ続けた。観念した相手がやっと電話に出ると、「その件は本社です」と言われて振り出しに戻る。

今までのいきさつを整理し、再度本社に電話をかけるが、そのつど「係は出張中」「席にいない」「外出中」「休暇中」と、その時々の言い訳が耳元を通り抜けるだけである。

これは社命なのか？　いつまで盥回《たらい》しにされるのか、誰一人としてまともな返答がない。このまま大会社の重圧に飲み込まれるのか？　某火災保険会社の電話に出た堕落幹部の応対を、細かく時系列に沿って事実として記録したが、半年以上もほったらかしにされるとは、これはやはり実際に仕組まれた計画？　根性のある私はどこまでも立ち向かうのだが、半年も盥回しにされればほかの人なら諦めてしまうのだろうか。

交通事故に遭遇してからの半年間の通院、現状の体調の悪さ、店は休業状態、すべてを克明に時系列に沿って書き留め、事故証明などの正式な手続きを踏まえても、半年も知らぬ存ぜぬを決め込む現状に、不本意だが社長への直訴しかないと当意即妙に策を考えたのだ。

不都合な事実を取り下げて責任の所在を明らかにしない不実な会社に、一日も早く不合理を改めて負債の責任を取ってもらわなくてはならない。これは私の生命の問題である。

事故日より月日が経つに従い病状は悪化していく。半年も過ぎたのにいまだに続く激痛、吐き気、首から肩、腕にかかる痺《しび》れ、身体の奥から襲いかかるもやもや、真綿で締めつけられるような痛み、胸が苦しく言いようのない不安。頸椎捻挫、いわゆる〝鞭打ち症〟は目に見えず、症状は人によって千差万別である。

保険会社は、何のために任意保険に入っている人々の損害賠償を、規則どおりスムーズに行わないのか。

ある日、前触れもなく私の店に保険会社の代理人と名乗る弁護士が来た。相手は大企業の雇った有能な弁護士だ。素人のオバサンでは被害者で何の落ち度がなくても丸め込まれるおそれがある。

子供が写真を見せながら言った。

「事故現場の状況が一目瞭然でしょう？　オイルが一面に流れ出し、一歩間違えれば火達磨になるところでした」

オイルまみれの地面と、破損したタクシーの後部から潜り込んだ単車の後輪が見える様子に弁護士は唖然とし、

「私は代理人ですが、会社の弁護士と言っても月に顧問料二万円をいただいているだけなのです。こんな状況では私はこの件を降ります」

と、冷めたコーヒーをひと口飲み、そそくさと帰っていったのだった。

私は社長に直訴するために、七、八、九月の売り上げの累計表をもとに年末、年始の売り上げ見込みを計算し、事故当日から今日までの出来事を時系列に沿って克明に書き綴った。


怒りの感情を抑えながら、会社幹部の冷たい仕打ち、七ヶ月間も盥回しにされた事実、血の滲《にじ》む長年の努力の末に開店した店が、加害者の不注意で閉店に近い状態にさらされ、身体の苦痛や対処の仕方の不満に耐えて来た月日、やむを得ず通院を打ち切ったこと、日ごとに増す頭痛、吐き気、めまい、首から肩、腕に至るしびれ、治癒していない身体を庇いながら店のやりくりに奔走しても、解決の糸口のない今を踠《もが》き苦しんでいることなどを書き連ねた。

七ヶ月近くも閑却され、もう私には考慮の余地はない。図書館の紳士録から社長宅を調べ、直接手渡して社長自ら高閲していただくため社長宅を訪れた。一歩間違えると恐喝になるおそれもあるので、熟慮を重ねてやっとたどり着いたのだった。ここで拒否され延ばされたら、もう先の保障はないに等しい。

呼び鈴を押す手に力が入る。中から奥さまらしき人の声で「どなた?」と。私はひと呼吸して言った。

「お休みのところ失礼ですが、社長に手渡したい資料を持参しました」

「主人は仕事を家に持ち込まないので、明日にでも会社のほうへ……」

「七ヶ月間も盥回しにされました。また同じ繰り返しを強いられるなら……私……ここで死にます」

心の底からそう思い、必死で話をしたのだが、ひとつ間違えれば恐喝である。

『生』と『死』。このはざまで私が明日を生きるためには、この機会を逃しては先がない。必要に迫られ必死に食い下がる私に、奥さまは「書類は受け取ります」と言うなり玄関から出てこられ、不承不承ながら受け取ってくださったのだった。私は神仏に感謝した。

平成八年（一九九六年）十月十七日に一〇〇万円の振り込みがあり、焼け石に水だが優先順位で少しずつ返済をし、つかの間ではあるが安堵《あんど》した。

それから半月ほど過ぎた頃、突然に加害者が原告となって裁判所から訴状が届いた。被告として訴えられ愕然《がくぜん》としたが、受けて立たないと負けてしまう。不作為に法廷に持ち込めば、不経済なことと時間の無駄。だが弁護士を雇うのには着手金三十万円が要る。雇うお金はない。私に非はないから十対〇で必ず勝つが、原告の訴状に対する書類の作成方法が分からず、虎ノ門「１１７」時代の官僚に相談した結果、霞ヶ関の地方裁判所の地下に司法書士が事務所を開いており、十万円で裁判所に提出する書類の作成を請け負ってくれると教えてくれた。それが終わると印紙代や雑費で、もう手元には一万円も残っていないのだった。

出来上がった資料を裁判所の十二階まで階段で上り、持っていった（地下鉄、エレベーターに乗れないので）。十二階に着いた時、足はガクガクで気が遠くなりそう。そんな身体に最後の気力をふりしぼり、手続きは無事に終わったのだった。

その日から何度も東京地方裁判所から答弁書の指令が来る。そのつど、多くの知人に作り方を教えていただいた。

年が明け、法廷が毎月一度開かれた。ほとんどが六三〇号室で、過去に何回も出廷していたから、法廷内の様子は把握していた。弁護士が付いておらずとも被害者であり、落ち度は一〇〇パーセント、原告側。私は自分の庭のように法廷で縷述《るじゅつ》し、秋風の吹く頃、やっと先の振り込み金一〇〇万円を引いた四〇〇〇万円弱で和解した。

和解金五〇〇〇万円は、他人は大金と思うかもしれないが、早い時期での和解なら店を維持し、私の思い出の貴金属を質屋で流すこともなかったし、身体をきちんと治していれば、いまだに続く頭痛、吐き気、めまい、手や腕のしびれも完治しただろうに、あまりにも代償は大きかった。

子供と二人で七年間、自分たちの店を持つために僅かながら蓄え、やっと実現した〝夢の城〟も、二度と立ち直れない打撃を受け、このままでは借金や累積赤字で自滅してしまうと考え、借財を差し引いて店を売りに出すことにした。

三件の交通事故は、三件とも惹起《じゃっき》はすべて相手の不注意でなされたことである。突然と偶然が絡み合い起こった平成七年（一九九五年）九月二十九日のバス運転手による誘因さえなかったら、こんな結末にならなかったのにと悔いる私がいる。

オープンして三年、この店にも終期が近づいてきた。三件の交通事故がもとで蹂躙《じゅうりん》され、店を閉店することになり、その年の三月一日、昨夜からの霙催《みぞれもよ》いが夜半から雪に変わる中、ひと晩中、子供と掃除をした。新しい店主に一分のちりも残さないために。

何より子供と二人、明日から仕事を探しに奔走しなければ食べていけないのだ。ゼロからの出発、踠き苦しんだ過去が脳裏をよぎる。二十六歳の我が子はまだしも、還暦を過ぎた身体障害四級に加え交通事故の後遺症で床に臥《ふ》せりがちな身で、就職先が簡単に見つかるわけもない。

親子して職を求めて歩き回るうちに、心の中は暗く沈み、夜、布団の中で啾々《しゅうしゅう》としたのであった。

自殺を考えた日々

やむなく閉店してから、求人誌を見たり本屋の店頭での立ち読みで電話番号をメモしたりして、両手に余るほどの履歴書を書き、片っ端から面接をした。統一地方選挙のウグイス嬢、アポインター名簿の整理、店員など、雇っていただける仕事は身を粉にして働いた。

だが私に合った短期の仕事はそう見つからず、洗い物の募集ばかり。職種を選ぶ余裕はなく洗い場の仕事に就くが、二ヶ月で解雇される。店が混むと洗い場以外のウェイトレスもさせられるのだが、三時間近くも洗い場に立っていると歩くにも足が動かない。ポンコツ車がエンジンをかけるのに時間がかかるのと同じように、その一歩が前に出ない。やっと足を引きずりながらウエートレスをするが、見映えが非常に悪い。兼用ができない私は二ヶ月が限度で解雇されるので、黙って去るより方法はないのである。

数日休み、体調を整えてからまた洗い場の募集に行く。一、二ヶ月で解雇されるのは分かっているが、今日を生きるため。その繰り返しを何度もしたが、日に日に劣等感と化した細胞が分裂して大きくなる。肉体の衰えだけでなく根本的に身心すべてが弱まり、交通事故の後遺症に悩み、その悩みが解消されず身体の奥に溜まる。内部に溜まった悩みが体調を維持するのを拒み、内側に潜む私の持ち味や魅力を引き出させない環境。仕事のない生活の深刻さ、幾たび試練に遭ったか数えきれない千辛万苦、高々と波が押し寄せる。私の命が果てるまで飽きずに、私をあざ笑うかのように！

だが忍苦にも我慢の限度がある。自殺も考える日々。電車のホームやビルからの飛び降りは、無関係な方に迷惑がかかるし、ひとり残される子供に世間が厳しい批判を浴びせるだろう。入水、餓死なら最低のお騒がせで終わるかな？　と毎日毎日、自殺のことだけが頭の中をよぎる。

複雑な人間関係の絡み合った糸を解くすべもなく、心は挫折するのである。私の人生に孤独の影が寄り添い、その孤独感が心と身体の傷を深めて病院依存症となった。過換気症候群、パニック症候群……。

そんなある日曜日、昼過ぎからお腹の奥深い場所が、表現できぬもやもやした不快感に襲われた。精神科で処方された安定剤を飲んでもすっきりせず、夕方になるといっそう不快感が身体を覆い、言いようのない痛み。

私は自分に言い聞かせた。『明後日は月に二度の診察日、あの先生なら治してくれる』と。我慢に我慢を重ねたが、夜の八時に激痛が走り、救急車を要請するより家からタクシーでワンメーターの病院へ行くほうが早く着くと思い、パジャマのままあっ飛んで行った。だが運悪く、病院に着くと同時に救急車がサイレンを鳴らし私の横を通り抜ける。続けてもう一台が……。

七転八倒の痛み。しかし夜勤の医師、看護師が手薄でがらんとした大部屋に寝かされ、痛みに耐えかねてインターホンを何度押しても誰も来てくれず、海老のように身体を曲げ、流れ出る脂汗と痛みに呼吸も乱れて失神の一歩手前であった。

八時十分頃に病院に着いたのに、診察をしてくれたのは時計の針が零時を指していた。レントゲンを撮り痛み止めの注射を打つ。

「便秘ですから、また明日午前十時までに来てください」という看護師の言葉。私は、「便秘!? そんなはずはありません。私は便秘でこの何年も薬（下剤）をいただきにP病院へ通院しており、今朝もきちんと便は出ました」。そう言っても看護師は「先生が便秘と診断しました」の一点張り。私は仕方なく下剤と共に手渡された八七〇〇円の請求書を持ち会計へ。痛み止めが効いたのか激痛もやわらぎ、真夜中の西新宿を後に家路を急いだ。

夜が明けるのを待ってその病院ではなくP病院へ向かった。外科で診察中、即泌尿器科へ緊急で回され、診察ののちレントゲンで確認するために静脈に造影剤を注入した。その結果、右の尿管が結石で詰まり、左の尿管で辛うじて小水を排出している状態であるということが分かった。担当医に「明日入院してください」と言われ、慌ただしく翌日入院した。時を待つことなく二日後にカテーテルの手術をしたのだった。

あのまま最初の病院に翌日行っていたら、私は便秘の診断で手遅れとなり腎臓炎を起こし、運が悪ければ重症になって尿毒症を併発し、死に至っていたかもしれない。

退院して数ヶ月後に、今度は睡眠時無呼吸症候群で精神科病棟へ入院。二週間の入院中は心が休まらなかった。あの交通事故以来、ストレスから神経衰弱に陥りパニック症候群になっていたが、精神科病棟は夕方五時には入院患者がほかの病室や売店に出入りできないよう入り口に鍵がかかり隔離されるので、真夜中に地震が起きたら当直の看護師数人だけで患者を無事避難させられるのだろうかと、病院にいるのに不安が不安を呼ぶ。二週間後の退院はことのほか嬉しかった。自由がこんなに心を豊かにするなんて想像もつかないことだった。

しかし仕事もなくだらだらと一日を過ごし、外出するのも嫌になって生きる意欲が薄れ、次から次へと続いた病魔が私の身心を蝕《むしば》む絶望と自己喪失の日々。スナック菓子を手に一日中ボンヤリとテレビを観ていた。

体重は六十四キログラムになり、体重に比例して血圧も上がり一八〇／一四〇。頭も痛くめまいも起こり、朝方トイレに起きようとしても天井がぐるぐる回って歩けず、ハイハイでトイレへ。血圧が二〇〇／九十五になると救急車で搬送されたが、点滴だけで降圧剤は処方されず、医師に言われた。

「平之内さんは体重を落とせば血圧は降下します。めまいがひどい時はカプセルの液体を半分捨て、飲んでください。降圧剤は一度飲むと生涯飲み続けなければならず、平之内さんには元気になってほしいので体重を落とす、それだけです」

だが医師の優しい忠告に耳を貸さず、運動もせず家から外に出ず、女を捨て、いや人間をも捨ててひきこもった。胸が張り裂けそうで手が震え、気分が〝うつ〟になっていく。

廃人に近い暮らしの日々、ある時、子供が呟いた。

「トドが寝ている!!」

このひと言で私は我に返り、渋谷区代官町にあった「同潤会アパート」の跡地の一角に区民のプールがオープンしたのを機に、宮沢賢治の詩のように〝雨ニモマケズ風ニモマケズ雪ニモ夏ノ暑サニモマケヌ〟の状態で十ヶ月間休みなくプールで水中歩行をしたのである。

時給二〇〇〇円の仕事

還暦を過ぎた私は、アルバイトの応募用紙の年齢欄に、迷わず実年齢より十五歳以上若く書く。その時代の流行の服、メイク次第で、女性は年齢不詳に見える。

食べていく、生きるために職業を選ぶ余裕などなく、最低限、自分の尊厳が保てればいい。新聞の求人欄に『男性とお話を一時間すれば二〇〇〇円』とあった。飛び付いて面接に。私はその店「V」で働くことになった。

はとバスのガイドを高校卒業時から三年、銀座のホステスから一流の大箱の雇われママ、クラブの経営者と、私の仕事は「話すこと」が半世紀にわたる。老若男女、誰とでも会話はできる。政治、経済、趣味（ゴルフ、麻雀、将棋、競馬、オートレース、プロ野球、高校野球）は、新聞を隅から隅まで読めば分かる。話題のきっかけを作り、相手に振れば何時間でも話せる。そこには女が一人で生きる価値観が！

何度も心の中で考え、叫ぶ。疑似恋愛ごっこをしても、店を一歩外に出れば、お互いに家族がいるのだ。見つめ合う空間「V店」にいると、癒やされる自分が半分、ストレスに固まる自分が半分、そこに存在する。「V」で働くために嘘の生活を語る。真実も嘘も、目的に合わせて都合の良い物語を作り出す。ラブリーでロマンチック、時にはメランコリーでもある。

それにしても、我ながら六十歳をとうに越しても、美しさを保ち続けるこの原動力はどこからきたのか……。大都会の真ん中で、いつも孤独な私。現実に絶望しながら二度と再び逢うことのない仮初めの愛の出会いを夢みて、それがいつか来ると信じ、そう自分に言い聞かせ、明日を生きるためにかすかな希望を求め、諦めずに今この瞬間を生きる。

子供が三十歳を過ぎても、大きな病を二つ持ち働けない己の現実を、そっと心の中で嘆く私。高齢の身と障害四級という私だけの勲章を身体の奥深くに鎮め、我が子のために働く。あと何年、働かせていただけるか？　他人に知られないように店長（女性）に付け届けを渡す。それが若い人の中で働くために必要なことなのだ。

しかし一年半で神経がついていけずに辞め、本社の社長にこの間の見聞きしたことを直訴。口止めのために本社に勤務させられた。仕事は社長の奥さんと二人で関連会社の違反がないかを見る黒子である。週五日で一ヶ月十万円を月給でいただき、心身は安定する。

時々、我が子も一緒に食事に誘われ、二年ほどは静かな暮らしができた。だが世の中の流れで社長が会社を縮小したため、話し合って引退した。少し貯えもできた！　次の仕事を見つける日々が、またまた来たのだ。

そのかたわら、奈良薬師寺東京別院でお写経をして心を静かに休め、先の人生をどう生きるか自身に問う。

亡き父が虎ノ門の土地家屋を森ビルに九桁以上で売却した時に、せめて菩提寺の臨済禅宗鎌倉円覚寺派戸塚高松寺さんへ数パーセントの永代供養費を寄付していれば、この年で毎年のお施餓鬼に苦労せずに済んだのに！　心は乱れる。

還暦からのわが命

還暦を過ぎた頃、山あり谷ありの獣の道を、よく一人で遠くまで来たと思った。見た目は五十代。シミ、皺《しわ》、白髪もなく元気で、仕事も頼まれれば区議、都議の選挙カーでウグイス嬢を。当時代官山に住み、渋谷区議選時に区議候補氏に〝日本一のウグイスだよ！〟と誉められたこと、それが初めで、その後、数多くの選挙に〝昔取った杵柄《きねづか》〟でウグイス嬢を務めた。声を出す仕事は私の天職。

身内に身ぐるみをはぎ取られた今は、生きるためなら皿洗い、保険の外交員、店員と、雇用してくれれば身を粉にして何でも進んで働いてきた。たとえ七十代になっても仕事はできると勝手に思い込み、〝宵越しの金は持たぬ〟と将来の預金もせず、欲しい物は買う。買うことでキラキラと輝き、輝くことで満足感に浸っていたのだ。

だが、六十代後半に突然、ブラックホールに真っ逆さまに落ちた。

周りを見渡した時、限りある時間なのに誰にも相手にされず、白髪の老女に変わり果てていた。数十余年、精神科に通院中で、診察日は化粧をし若き日の服装でルンルンだが、家の中では四六時中パジャマ姿で洗顔もせず、スーパーやコンビニへ行くだけの生活。鏡を見ると丸々と肥えた〝ブタ！〟が映る。

その頃から運命の危機は毎年のように音もなく忍び寄る。荒れ狂い波立つ白波の嵐、生きることに絶望した自己喪失の日々が……。

七十代に入り、命を立ち切る覚悟で目的も定められず抜け殻で生きる屍《しかばね》、やがて自死？……。

ただ食すのみ、砂を噛むようとはこのことか！

誰を恨むのでもない、生まれた時からの定め！

だが定めは自ら打ち破ることができる。

平成二十五年（二〇一三年）十月の脂質異常で飲み始めた薬の副作用で、四ヶ月後の平成二十六年（二〇一四年）二月六日から二月九日の深夜までの三日三晩、横紋筋融解症で孤立・孤独の中で踠き苦しむも、苦を糧に〝不可思議〟な『観音経』第二十五の偈《げ》の中の「観音妙智力」による奇跡によって、医師さえ助からないと思った私の命は救われた。

平成二十六年（二〇一四年）二月六日から二月九日の深夜まで、〝生〟と〝死〟の谷間に身を沈めた時は、生きろ！　生きぬくのだと、一心に神仏に縋った。

その二年十ヶ月後の平成二十八年（二〇一六年）十二月二十日のアテローム血栓性脳梗塞も、時間との戦いの中、救急隊員の迅速な判断で、僅か三パーセントから五パーセントのｔ－ＰＡが効を奏し助かった命。夜中だったら朝は迎えられなかったと医師に言われた。

慢性疾患は両手に余る数があり、週に七つの科に通院中だが、自分自身に言い聞かせている〝白物電家製品でさえメンテナンスをしっかりすれば長持ちする〟の戒め、まして〝皇寿（一一一歳）〟

を目標に、それが無理なら煩悩多き私は〝茶寿（一〇八歳）〟まではと思って生きているが、私の心身は日々、嫌でも衰えや不調を感じる今日この頃。健康とは〝身体的機能、日常機能、心の状態、社会参加、生活の質、生き甲斐〟の六つで成立すると思っている。

〝生かされている!!〟このことをしっかり肝に銘じて、感謝をしながら今を一生懸命、令和の時代の流れの中で紡いで生きる。

君へ

我が子は、あの人の忘れ形見！

君の沈む姿は一番悲しい。いくつになっても子に変わりはない。

君が迷いの渦に溺れ、迷路から脱出不可能な時、支え助けるのは母親である私の最低限の義務と思っている。

君を世の中の人が非難したとしても、君を苛《いじ》めても、私は必ず守る。それは、君の顔さえ見ることもなく君が生まれる前に突然死した、あの人の心でもあるから……。

世界中で一人だけでも自分を理解する人がいれば心が穏やかになれる。いくつもの大きな病がある君、人生という道を歩くのは戦うということで、事が起きた時は親の責任で必ず君を守る。

自分の意に反して難題が降って湧いても、自分を抑え込むと心が委縮する。深く考えないで君らしく生きてほしい。

平成十三年　吉日　母より

手紙　その一

我が子！　君へ。

君は、私が一番大切な話をしようとするとすぐ逃げて聞いてくれないので、ペンを持ちました。今、君は幸福ですか？　ゲームとスロットに明け暮れて。その気持ちは少しだけ理解できます。十代から二十代にかけて寝る間も惜しみ一生懸命に働き、すべてを我慢して預金に励んだ君。自分の店を持つ夢を抱き、夢が実現したのに私の交通事故が三件も立て続けに発生して、無残にも三年で閉店。整理した残金を自分の好きなこと、いや、苦しみから逃げ出し、忘れるためにゲームやスロットに走る君に、私は心の中で謝り続けました。

一〇〇対〇で私に何の落ち度もない。タクシーの車内で料金を支払うために腰を屈めた時に、信号が黄色から赤になる数秒前、青山通りからキラー通りの急な下り坂を猛スピードで単車が。そのまま停車中のタクシーの下に三分の一も潜り込み、オイルが流れ、数秒だが私が気を失い、事故の音で君や大勢の人が集まった交通事故。

加害者の任意保険の大手有名会社は八ヶ月も無視し、和解したのは数年後で、店の維持はできず親子して雪の降る中を次の人に渡すために掃除した悲しみのあの日。そしてあの時から今も続く頸椎や腰椎の痛み。

君が店を整理した残金は君のお金。それをどう使おうと、私はとやかく言いませんが、人生で一番輝く二十代、もったいないと思います。

君自身の心の中も決して満ち足りてはいないでしょう。かえって将来のこと、希望をなくした今、やるせない気持ちでしょう。病気がちな親が死んだらどうしよう！　と不安で不安で逃げた先がスロット！　ゲーム？　でも少し安心してください。君がこの家に住むためのことや、再び君が店のオーナーとして生きる土台は母がきちんと作ります。先日も話をしましたが、平成十八年（二〇〇六年）頃には再度、店ができるように頑張ります。

でも、今までのように年に何度も海外へ行くためのカンパは、今回で終わりにします。そんなことを続けていたらお金は底を突き、店を出すことより生きていけなくなります。

来年から生活費は極限まで抑え、蓄えるのです。君と母のために協力をしてください。一にタバコ、二にゲーム、三が食事なんて悲しい話はしないで!!　若い今こそ、きちんと食事と睡眠を必ず取ること。二日間も起きているなんて考えられません。

店が現実化しても、身体が弱かったら頑張れません。君は千駄ヶ谷の店が単車事故の相手の不注意で閉店したこと、私がいまだに頸椎や腰椎の薬を飲み続けていることを忘れないでください。

君の身体は君のものでもあり、あの人の血が流れている君は少しだけ母の命でもあります、どうぞ！　身体を大切に。君の料理の腕はバッチリ！　近い将来、君の感性を見込む人に巡り会う日が来ることを祈っています。

手紙　その二

我が子、君へ。

君に渡すことも見せることもせずに書いた手紙。

あの日から二年が過ぎました。

その間、君の入院と、私の過換気症候群と睡眠時無呼吸症候群と尿管結石とでの二度にわたる入院がありました。そして交通事故から五年も経ち和解もしたのに、後遺症がだんだんひどくなり、パニック症候群、過換気症候群と病名が増し、再び親子で店を再建しようと預金した僅かな金も底を突き、夢で終わるのでしょうか？　どん底から這い上がる気力も失せて無情に年月が経ち、後遺症の頸椎や腰椎症も回復せず幾度となく自殺を考えました。しかし一人ぼっちになる子を思うと、迷いの渦に入ります。

もし仮に私が命を落としても泣かないで。一段落して再び悲しみが襲ってきたら、思いきり泣きなさい！　大声で力の限り泣きなさい。

君の父親の訃報を昭和四十七年（一九七二年）一月四日に電話で知らされた時、呆然《ぼうぜん》とし泣けませんでした。お腹の君が無事に生まれても、乳飲み子を抱えて私が働いたら、誰が君を育ててくれるの？　頭の中をたくさんの迷いがよぎり、泣くことさえできませんでした。思いっきり泣いたのは君が二十歳になったあとです。

君がお酒に酔い潰れたいのなら潰れなさい！　その後に一人で生きることの力強さが漲《みなぎ》り、生きる勇気と気力、強さが増します。

身も心も元気になったら、思いっきり働きなさい。働いて働きまくりなさい。幸福は必ず付いてきます。もしお金に困っても誰もおいそれと借してはくれません。生きるうえでお金は重要で大切なものなのだと気付くでしょう。

私の生命保険は貯金してください。

君には身内は誰もいないので、遊びたくても将来のために残しなさい。気持ちがゆるみ少しずつ使っているうちに、気が付くとゼロになります。

追伸
一、▽▽銀行のお金は生命保険の引き落としなので、絶対に使っては駄目です。
一、残金がない時は借金をしてでも入金すること。引き落とし不能が一ヶ月続くと生命保険は無効となります。
一、決してスロットや生活費に使わぬこと。必ず守ってください。
一、親の死に悲しんだり、お酒に酔い潰れる前に心を静め、左記のことを早急にしてください。
一、千代田区役所に私の死亡届を提出する。

一、病院で二通の死亡証明書をもらう。一通は埋葬時（戸塚高松寺）、もう一通は私の生命保険を受け取る時に必要です。
一、その時に実印がないと駄目ですので、私が君の実印を作っておきます。
一、ただし、他人に対しては絶対に使わぬこと、保証人にはならぬことです。
一、ここに住むために公社に名義を変える手続きをする。
一、無収入でも毎年必ず区役所から届く書類に書き込み、期日内に送り返すこと。
一、毎年公社より送ってくる書類に記入して区役所で納税証明（非加税でも）を取り、七月末までに一緒に提出する。
一、これらのことをきちんと済ませないと住めません。今時五万円では借りられません。この辺の相場は十二、三万円ですから、必ず忘れずに書類を出しましょう。
一、年に一度、二月の確定申告と七月の公社への書類の提出さえすれば、生涯にわたり妻と子供と一緒に暮らせます。
一、この特典を肝に銘じて忘れないことです。

手紙　その三

我が子、君へ。

五十年前、プロ野球中日ドラゴンズの前身〝名古屋軍〟のエースで、二十四歳の若さで特攻出撃して戦死した石丸進一投手の生涯が映画化されると聞きました。

どの時代でもいつも真っ先に戦場に駆り出されるのは健康な若者で、同世代になった君に送る『生きるとは何か?』。世界一長い遺言書です。私が自分史を書き綴ったのは、母親の人生そのものを知ってもらうための君へ送る母の挽歌でもあります。母がこの五十七年間をどのように生きてきたか、私が一人で歩んだ三十四年間を、真実に基づき遠い記憶を手探りして書きます。

手記が人目に触れたら君は〝何故〟と怒るかもしれませんが、あえてペンを持ちました。君が私と同じ年になり、人の親になった時、少しだけでも理解してくれればそれで幸福です。

人間は矛盾した存在であり、表があれば裏もあります。外面の良い人は内面がないという傾向もあり、私自身の精神の風景ではなかったと誰が言えましょう。一人の女の魂のあり方に、周囲がどうの社会的計算がどうのという縛りは全くないのです。

ただ、自死する前に突然降って湧いたオートバイ事故で、せっかく君と共同で開店した店を維持できず、一〇〇対〇で私には落ち度がないのに、この交通事故を否定するかのように、八ヶ月近く毎日電話をかけても対話どころか沈黙のまま逃げる損保会社。身体の痛みにストレスが！　大手損保会社の無視の重圧に、私は見事に〝ワナ〟に落ち、自身の愚かさに気付かず電話をかけ続ける毎日。にっちもさっちもいかず、君が誕生した時から私が私に〝生命保険〟を掛けた保険金を、毎月末に支払うことすら難しい現状！　二十数年間、預金をしていたら！　今、自死をしないと数年で期限が終わり、手元に一銭も残りません！　認識の甘さに自分ながら嫌になります。やっと損保会社より弁護士が来ましたが、君が事故当日のスマホの写真を見せると、

「こんなひどいこととは話が大違いだ。障害者の母が子供と二人でやっと開店し働いているのに。私は弁護士と言っても一ヶ月二万円で契約しているだけ。会社へ帰ったら辞める」

と、冷めたコーヒーをひと口飲み、帰ったのです。

損保会社のほうは、その後、何度本社に電話をかけても担当者は外出中、会議中、出張中とそのたびに言い訳を並べ、真摯に受け止めず無情に月日が経つのみ。意を決して紳士録を頼りに社長宅へ。この八ヶ月以上の時系列を事細かく書き、弁護士に来店時に見せた現場写真も添えて持参しました。

数ヶ月後に突然、裁判所から相手が原告、私が被告との通知。裁判の決着にまた一年半もかかり、五〇〇万円が振り込まれたものの、その間の医療費（三割）とマッサージ治療代・薬代、交通費（タクシー代金）、裁判所へ提出の準備書面費用、そして数年分の店と家の賃料・光熱費などを清算すると、手元には〝雀《すずめ》の涙〟の金額しか残らず、残ったのはいまだに続く後遺症。店も明け渡し、残念！　無念！　自身の〝いのち〟と引き換えに広く世間に訴えたいのです。

手紙　その四

前略、十月の手紙で私の近況を、十一月には子供のことなどを報告致しましたが、最近いろいろと考え、思い悩みます。

私が子供にしたことは何か？　二、三千円のお金が原因で大声を出し、どなり、顔を会わせるたびに「働け働け」と彼の身体も気遣わずガミガミの顔に。退院して間もないのに優しい言葉をかけてあげず、そんな親を見るのがつらいのか家に寄りつかなくなり、二人だけの家族が崩壊。年の瀬というのにこの寒空の下を、あてどなくさまよっているのでしょうか？

術後の身に何ひとつしてあげられぬ親の悲しみ、それ以前にお世話にならなければ生きられぬこの身。この胸の中の苦しみ、切なさに、人様にご迷惑をおかけしてまでも生きる価値があるのか迷い、悩みます。

二週間に一度、精神科に通い、日々の出来事をお話しするのですが、その時は医師の言葉に心が晴れ、救われますが、家に帰りドアを開けると現実に直面し、ただオロオロしてやっと生きております。

今年もあと何日かで過ぎていき、新しい年こそ心身共に元気で暮らしたいと思っております。

先日の手紙で『子供のことは考えず自分の病気だけ……』とのご意見でしたが、昭和四十七年（一九七二年）一月二十一日、彼が産声を上げてから母子が互いに寄り添って今日まで苦楽を共にしてきましたので、慰め励ましのお言葉はとても嬉しいのですが、やはり考えてしまい、それが悪循環で病気にもなっているると思います。

初夏の頃からお風呂が怖くて入れず、やっと最近になって少しずつ入浴ができるようになりましたが、相変わらず地下鉄、エレベーター、電車に乗れず、人の多い所へ行くとパニック症候群で胸が苦しくなるのです。

十二日も渋谷に出かけ食品を買おうとした時、急に呼吸が荒くなり、手足がしびれ、口もきけずあわててバスで帰る途中、気が遠くなりました。なんとか家に帰り病院へ電話を入れ、

「苦しくて足腰に力が入らず、めまいもするのですが、病院まで遠く一時間半はかかるので救急車を呼んで行きます」

と担当医に話すと、

「救急車は交通事故や脳梗塞など、一分一秒を争う命にかかわること以外はだめ。遅く来ても診察をするので車で来院しなさい」

と言われ、私はセルシンを飲み、一時ベッドに横になり休みました。

半年前の夜半、トイレに行こうと起きたらめまいがひどく、天井がぐるぐる回り、吐き気がして歩けず、ハイハイをして用を足しました。その時は救急車を呼び、搬送車の中で血圧を計ったら二〇〇を越えていて、やっと途切れ途切れに身体の様子を伝えて、持病があるために遠く通院中の病院まで運んでくれたのです。

その時、ドクターに、

「あんなにハァハァしたら過換気症候群がひどくなり、体がもたなくなるので、我慢せず苦しくなったら早めに飲み、三十分過ぎても治まらなければいつでも電話をして来なさい」

と言われました。

私の心と身体は必要以上に過敏になり、自分で自分を追い込み病状を悪化させているのでしょう。平常時は自分を信じ身体に自信を持たせられますが、ちょっとした時に前ぶれもなくいきなり苦しくなって、手が震え口も利けずろれつが回らなくなり、その苦しさがさらにエスカレートしてパニック状態になるのです。

新しい年はリラックスして心静かに暮らしたいです。この手紙がＳＭ様のお手元に届く頃は七草、遅くなりましたが迎春のお喜びを申し上げます。

平成十三年十二月三十日

平之内泰子

ＳＭ様

『法句経』に学ぶ

『法句経』は釈尊の説く生き方、考え方であり、警句集。忠告と激励の聖書である。
過ぎし日、薬師寺執事の大谷徹奘さんから教えをこうた。

『法句経』第一「雙要品」の中

まことに、他人をうらむ心を以てしてはどうしても、
そのうらみを解くことはできない。

ただ、うらみなき心によってのみ、
うらみを解くことができる。
このことは
永恒に易《かわ》ることのない真理である。

郵 便 は が き

料金受取人払郵便

新宿局承認

2524

差出有効期間
2025年3月
31日まで
（切手不要）

160-8791

141

東京都新宿区新宿1－10－1

（株）文芸社

愛読者カード係 行

お名前《ふりがな》		明治　大正 昭和　平成　年生　歳
ご住所《ふりがな》	□□□-□□□□	性別 男・女

お電話番号	（書籍ご注文の際に必要です）	ご職業	
E-mail			

ご購読雑誌（複数可）	ご購読新聞 新聞

最近読んでおもしろかった本や今後、とりあげてほしいテーマをお教えください。

ご自分の研究成果や経験、お考え等を出版してみたいというお気持ちはありますか。

ある　ない　内容・テーマ（　）

現在完成した作品をお持ちですか。

ある　ない　ジャンル・原稿量（　）

書　名			
お買上書店	都道府県　　　　市区郡	書店名	書店
		ご購入日	年　　月　　日

本書をどこでお知りになりましたか?
1.書店店頭　2.知人にすすめられて　3.インターネット(サイト名　　　　　　)
4.DMハガキ　5.広告、記事を見て(新聞、雑誌名　　　　　　)

上の質問に関連して、ご購入の決め手となったのは?
1.タイトル　2.著者　3.内容　4.カバーデザイン　5.帯
その他ご自由にお書きください。
(　　　　　　)

本書についてのご意見、ご感想をお聞かせください。
①内容について

②カバー、タイトル、帯について

弊社Webサイトからもご意見、ご感想をお寄せいただけます。

ご協力ありがとうございました。
※お寄せいただいたご意見、ご感想は新聞広告等で匿名にて使わせていただくことがあります。
※お客様の個人情報は、小社からの連絡のみに使用します。社外に提供することは一切ありません。

■書籍のご注文は、お近くの書店または、ブックサービス(0120-29-9625)、セブンネットショッピング(http://7net.omni7.jp/)にお申し込み下さい。

兄の急死

平成十四年（二〇〇二年）二月十四日バレンタインデーの朝、長兄の俊一は自宅の台所で食した器を洗っていたが、その何秒かの間に前触れもなく崩れるように倒れ、横でテレビを観ていた娘が父親の異変に気が付き一一九番をした。そして、救急車で搬送された先の病院で帰らぬ人となったのだった。

義姉は兄の亡骸《なきがら》を自宅へは連れて帰らず、病院の横にある葬祭場に移し、その夜の六時に通夜が行われた。

参列者は妻と三人の子供、兄嫁の姉夫婦、養母、弟夫婦、いとこ、私と子供の僅か十二名で、兄が可哀想で胸が痛かった。お経を唱える道師（住職）は、亡き人の名前を何度も何度も間違え、白けた。死んでもなお孤独な兄、葬祭場の狭い粗末な祭壇に置かれ、兄の魂は真夜中にひとりぼっちで泣いていたことだろう。

翌日十時に告別式が行われた。通夜と同じ道師なのに、再び兄の名前を読み違えた。本名を慎重に言わず、澄まし顔で『般若心経』を唱え始めたのだ。通夜の時、告別の時と、亡き人の現世の名を何度も言い間違えた導師は最低であり、僧侶としての最低限度の義務を怠るのは、死者に対する冒瀆《ぼうとく》そのものである。

告別式のあと、多磨霊園の一角にある斎場へ。三十時間前には兄は確かにこの世に存在していた。人の死は、心臓が停止してもその肉体と魂は二週間は生きているという。悲しみを通り越し、この世の無情、切なさが込み上げてきた。

九十年前に父が次男を〇歳で亡くした時に、ご縁を持った臨済禅宗円覚寺派の末寺である檀家寺は、山二つがお寺さんの敷地でその自然の地形を生かした広大な墓地。日当たりが良い所に父母のお墓はある。三段の台座に家名を刻んだ花崗岩《かこうがん》。長男である兄はそこに納骨されるのが一般的だが、義姉はがんとして「お参りに行くのが遠いから、家の近くに新しく墓地を作る」と言う。東海道線の戸塚駅のそばなのに……。

仏教の言葉に『感応道交』というのがある。信仰心が「感」となり、仏様がそれに「応」じてくださり、両方が一体となって「交感」し合うことで先祖と子孫、人と人との場合も用いられ、祈る心、感謝する心に、必ず『感応道交』は行われるそうである。合掌。

兄の亡骸を火葬している待ち時間に、甥から数多くの兄の写真を見せてもらった。家族で北京にも旅していた。父も北京には死ぬ前にもう一度行きたいと言っていた。

アルバムの中から一番兄らしい写真を一枚もらい、夜、誰もいない室内で兄に語りかけた。

「オンチャン、ありがとう！」

四十九日の法事に甥に渡す手紙を書き、ひと晩中、兄と語り明かした。

兄の御本尊御真言（昭和七年生）
大日如来様
おん、あびらうんけん
ばざらだとばん

甥のUさんへ捧げる

突然、お父様が亡くなられ、遠く京都の地で悲報を聞かされ、さぞ驚かれたことと存じ、改めて心よりお悔やみを申し上げます。

通夜の席で亡きお父様のご遺体に向かい〝ありがとうございました〟と頭を深々と下げた君の言葉が、今も妹である私の心のひだに響き、涙を誘います。

Uさんが〝父の幼い日の話を知る限り聞きたい〟と言われ、告別の時に少し話を致しましたが、語る言葉は色あせ、すべてを記憶に残すことは不可能です。

葬送のあとから何時間も過ぎていない今、誰もいない部屋でいただいたばかりのオンチャン（俊一兄）の写真と向かい合い、君にペンを進めることにしました。

【家系図】

父　母

- 長男・俊一
- 次兄・裕（〇歳で死亡）
- 三兄・●●（養子に行った）
- 長女・私（息子がいる）
- 次女・妹（母と共にお産で死亡）

昭和十六年（一九四一年）、俊一・八歳九ヶ月、[redacted]（三兄）・四歳十一ヶ月、私が二歳十一ヶ月の一月三日に、一番母親に甘えたい一番大切な時期に、私たち兄妹は母と永遠《とわ》の別れを無残に強いられたのです。その時から長男であったオンチャンの悲しみ、つらさ、不安、淋しさが、長男ゆえに一番多くのしかかりました。

六十余年も前の遠い遠い日の波瀾万丈《はらんばんじょう》の序曲です。

父の転勤に伴い横浜、東京、名古屋、大阪と、オンチャンは何度も転校を余儀なくされ、父が新聞社に勤務している時は、学校が終わると友達と遊びたくても小さな妹が一人で家におり、寄り道もせず一目散に飛んで帰り、食事の世話をし、母親の代わりもしていたのです。それでも夜になれば父と子、四人の小さな幸せがそこにありました。

しかし、その小さな幸せも父の中国北京への単身赴任で途切れました。兄妹は祖母が住む伯父宅に居候の身となり、横浜に行きました。

そこは雨・露をしのぎ、また最少限度の飢えを満たすだけの場所で、二間しかない家に十一名が暮らし、足の踏み場も心やすらぐ居場所とてなく、暗くなるまで外に出されました。伯父の機嫌の悪い時は自分の子は怒らず、八つ当たりや邪慳《じゃけん》にされるのは二人の兄で、人前で泣くこともできず、家出をしたくてもあてがなく、心は常に遠い海の彼方、その向こうの果ての父を追い求め、歯を食いしばり耐え忍んでいたのです。それが僅か十一歳、多感な少年期のオンチャンの姿でした。

昭和十九年（一九四四年）三月十日、横浜大空襲の時、私は野毛山公園に避難しておりましたが、オンチャンは学校からの帰り道に空襲警報が鳴り、空を飛ぶB29爆撃機から地上めがけて雨のように焼夷弾が降り注ぎました。オンチャンが防空壕《ごう》に入ろうとした時、意地悪な大人が〝もういっぱいで中に入れない〟とオンチャンを突き返し追い出したのです。ところがあとで分かったことですが、その防空壕は爆撃で全滅し、避難した人々は帰らぬ人となったそうです。きっと亡き母が救ったのだと思えてなりません。

横浜で焼け出された私たちは、祖母方の遠い親戚の住む金沢文庫の海岸近くの小柴という所にお世話になっていたのですが、その年の夏の日、父が抱えきれない食べ物を持って数日間、帰ってきました。そして父が北京へ戻る日、私はどこまでも追いかけ、オンチャンが私を押さえ、父は後ろ髪を引かれる思いで日本をあとにしたのでした。

昭和二十一年秋、私たちは長い引き揚げの苦労と苦難の末、品川の「ときわ寮」に一時旅装を解いたのです。父は近くの京急立会川駅のそばに妻の実家があるので、三人の子供を連れ、命からがら北京より無事に祖国日本に帰れた喜びの挨拶に出向きました。ところが家の人は、着の身着のままの貧しい姿をジロッと見回すと、一服のお茶、いや水さえ出さず、まるで野犬を追い払うがごとく言いました。

「平之内!?　そんな名前は知らない!!」

その時、父の胸に去来した悲しみ、つらさを八歳の私は垣間見たのでした。深い落胆に沈み、落ち着き先も手探り状態の中、足取りも重く寮に帰りました。

それから幾日か過ぎた頃、都心から離れた南多摩郡稲城村（現在の稲城市）大丸にある引き揚げ寮に住居をあてがわれました。入寮して間もなく、父と一緒にオンチャンは立川の米軍キャンプの建設現場へ、小さな身体で大人に交じり畚《もっこ》を担ぎに行くことになりました。さぞ学校へ行きたかったでしょうが、弟や妹のひもじさを満たすために、少しでも稼ぎの足しにしようと幼い心に思ったのでしょう。

オンチャンの優しい気持ちのおかげで、●●（三兄）さんも私も、四年生と二年生に編入することができました。オンチャンが中学校に通学を始めたのは昭和二十二年（一九四七年）四月でしたが、村立の中学には行かず、南武線の谷保駅より歩き、現在の桐朋、戦前はやまみずという軍人や金持ちの子息の通う名門の中等科、高校とエスカレーターで卒業し、大学へ行きました。

●●（三兄）さんと私は、寮に住む子供たちと缶けり、縄跳び、かくれんぼと、日が沈んでも遊びほうけていました。オンチャンはいつも一人で空き箱を机にして本を読んでいましたが、壊れた窓からは風や雨、雪が吹き込み、取るべき暖のない部屋で飢えに苦しみながら、凍てつく寒さの中、頭から配給の毛布をかぶり、震えながら勉強をしていたのです。

そんなオンチャンの僅かな楽しみは、部屋の前の僅かな畑にさつまいもや季節の野菜を作ることでした。オンチャンのさつまいもは、食べ物のない時代、キャビアより贅沢なご馳走でした。オンチャンが晩年まで畑作りに執着したのは、彼の原点だからかもしれません。昨年末に手作りの作物をいろいろと送ってくださいましたのも、遠い半世紀も昔、兄妹として生まれ、共に動乱の中を強い絆で生き抜いた小さな戦友だったからかと思います。

オンチャンが高校を卒業する頃、無情にも父が明日をも知れない重い病魔に襲われ、オンチャンは一浪して学費を稼ぎ、国立の学芸大学に入学しました。月謝にも事欠く状況でしたが、育英資金とバイトで大学に入学したのです。

オンチャンには今の若者が追い求めるような甘い青春はなく、唯一の楽しみは登山でした。昭和二十八年（一九五三年）三月に、私だけが虎ノ門の父の元で暮らし始め、●●（三兄）さんは高校を出ると平塚の父が工場長をしているタイヤ会社の寮に入ったので、オンチャンは結婚するまではひとりぼっちになり、その間の心の葛藤は妹の私にも計り知れません。

子が二歳の頃、三ヶ月ほどオンチャンの家に預ってもらいました。Uさん、覚えておられますか？　その時の君のお母さんは、小さな自分の子のほかに夫の妹の子と、四人もの子育て……大変なご苦労だったと思います。

ちょっとしたボタンの掛け違いで兄妹の縁が再び遠のいた時、かすかに残されたのが手作りの味美《おい》しいさつまいもを妹に送ること。僅かなえにしの切るに切れない妹への思いがあったのです。私が千駄ヶ谷に子と店を持った時、二度の入院の折も保証人になってくださいました。オンチャンは、私が住んでいた代官山のマンションのポストに十数年前から毎年、手紙と共に都営アパートの申し込み書を人知れず入れ、〝一ヶ月二十万円も家賃を支払うのは無駄〟と諭してくれました。

平成九年にこの都営アパートに当選し、六十四歳の今、高額な家賃の心配もせず静かに暮らすことができましたのも、オンチャンの先を読む目と優しさがあったからです。オンチャンは学問や知識に優れていても、生きるのに不器用な真面目な人間で、妻子をこよなく深く愛し、妹にも慈愛に満ち、障害者の妹の行く末をいつも案じてくれていたのです。

このように素晴らしい父親を誇りに思うことができる君は、立派なオンチャンの長男です。

葬送の間、家族で旅した北京の写真を拝見し、オンチャンが幼少年時に暮らした北京の地に半世紀ぶりに足を踏み入れた時、その心は遠い過去を手さぐりに思い出し、史跡をたどる時も父と兄妹四人で暮らしていた家の辺りを求め、樹々や建物に饒舌《じょうぜつ》に語りかけ、日本では想像もつかなかった新たな感動に、ひとしおの思いで浸ったことと思われます。

この文章はあくまでも妹の目を通してのオンチャンであり、●●（三兄）さんには違う目線のオンチャンが見えるかもしれません。

もう夜もしらじらと明けかけてきました。
思うまま支離滅裂なことを書きました。また、乱筆をお許しくださいませ。合掌

平成十四年二月十五日

告別の日に　妹　泰子

祈り　お盆

お盆は、梵語《ぼんご》の「ウランバナ（逆さにつるされた苦しみを救う）」→「盂蘭盆《うらぼん》」→「お盆」へと言葉が変化したそうだ。

お盆にはお墓の前に立ち、肉親を思い起こし、祖先にお供え物をして、問いかけたりご加護や幸せをお願いする。いちばん身近な仏様である祖先を偲《しの》ぶことは、つなぎつながれている『生命』への感謝、追慕となる。

亡き人と世を隔てて生きる今、黄泉《よみ》の国の世界で再び会える〝時〟を信じて、自らを奮い立たせて悲しみを乗り越えようと過ごした私の歩みは、周りの人々と共に紡いだ日々でもあった。

八月、新暦よりひと月遅れの旧盆には、「民族大移動」と言われるほど、人の身も心もふるさとに向かう。そこには心やすらぐ場があるからである。人はいつも心やすらぐ道や場所を求めてさまよう。

彼岸《ひがん》は、仏様のさとりの境地。私たちはこの世（此岸《しがん》）でさまざまな困難と向き合いながら生きていく。彼岸を思いながら今をどう生きるか、この世は「娑婆《しゃば》」といわれるが、人は苦しみから逃れるために踠《も》がき、そしてまた苦しみを増幅させながらも生きていかなくてはならないのだ。

苦しみの中にあっても「心のアンテナ」を張り、「感謝し感動する心」を持ち続ければ……私自身、四度の倒産の憂き目に遭いながらも逆境を乗り越えた時、大勢の方々に出会い、助けていただいた。
苦悩の中にいる人間でさえ人の力に、人の心の灯明になることができると思う。

歳月いつか重ね来て
遠くなりたる御親達
いかで忘れん
御教訓の
きびしい声と笑顔をば
（梅花流讃歌）

巡礼の動機とお写経

動機

作家の五木寛之さんは、七十歳の時に「五木寛之の百寺巡礼」の企画を受けて、三年をかけ全国の一〇〇寺を踏破した経験を持つと聞いた。

私は六十代後半に、七十歳になったら人生をリセットしよう！　と考え、その前に〝日本百観音札所〟をお参りしてこの世に未練を残さず成仏をと考えた。都会の街中でさえ歩くのが困難な身体障害者なのに、子に支えられ、クラブツーリズムの主催する〝日本百観音札所巡りの旅〟に出た。

ある程度回ったものの、西国二十四番から三十三番までを残し、私は一時ストップすることに。それは子と二人で行く予定だった、三回目の日本百観音札所巡りの代金を〝実用新案〟に使うために！（詳細は後述）。特許庁から実用新案が認められた日、〝特別急行あさかぜ〟が廃止された。

お写経

日本百観音札所巡りのツアーに参加をしている旅行会社から、いろいろな催しのパンフレットが届く。その中の『お写経を一度体験しませんか？』の誘いに乗ることにした。

ＪＲ五反田駅で電車を降り、駅前の喧騒を抜けて石畳の急な石段を上る。しばらく行くと薬師寺東京別院がある「お写経道場」に着いた。正面に薬師瑠璃光如来様、その左右には日光菩薩と月光菩薩、後ろの壁に三千佛がある。かすかな線香の香りが漂い、そこは雑音がない静寂そのものの空間。日常とは全く別世界である。静かな空間に身を任せてお写経をしていると、今は亡き両親、やさしかった兄のことが偲ばれ、心が洗われる。

「お経は見るだけでも功徳があり、声に出すと大きな功徳があります。さらにお写経をすればより大きな功徳があるのです」と薬師寺の録事に言われ、兄の供養に三回忌までに、兄の享年六十八歳と母の胎内にいた一年を加えた六十九巻の『般若心経』のお写経をすることにした。

そのために月に二度、五反田の池田山にある薬師寺東京別院の「お写経道場」で、薬師瑠璃光如来様に見守られて墨を磨る時、内なる身に激情を秘めつつも、表面は穏やかでやさしい自分に少しずつなってくる私を感じている。

薬師瑠璃光如来　御本尊御真言
おんころころ　せんだり
まとうぎ　そわか

『般若心経』のお写経一〇八巻に挑戦しているが、なかなか進まない。一〇八の煩悩に身や心を乱し、貪《とん》（むさぼり）、瞋《じん》（いかり）、痴《ち》（おろかさ）、慢《まん》（おもいあがり）、疑《ぎ》（うたがい）、見《けん》（偏見）、これらが変化して複雑に絡み合って一定の形にとどまらない。

私の心の中で常に揺れ動く煩悩。自分でも気が付かない、日々次から次へと湧き出る泉のような煩悩を取り除くことは難しい。少しずつ静める努力をして生きようと思う。

読経は仏様の教えを説く声であり、線香の香りが我が身を清め、立ち昇る香は私の思いや願いを亡き人々のもとに届けてくれる。毎朝、両親、兄、恋人、多くの故人の冥福を祈る。

秩父三十四観音霊場巡りと巡礼の作法

亡き兄が戒名も付けてもらえず、入るべきお墓があるのに妻の一存で埋葬もされず、六道輪廻の世界で迷い、私に救いの手を求めているのではという幽愁の悲しみが、日が過ぎるに従い深くなる。私自身の体調の悪さと日々の暮らしの中での金銭的な迷いもあったが、奔流の中に身を置き、百観音霊場におわします六観音様に兄の魂を成仏させていただき、天道・人道に生まれてこられるよう祈って兄の恩に報いるため、巡礼の一歩を踏み出す決心をした。

平成十四年（二〇〇二年）の干支は「午《うま》」。この秩父三十四観音霊場では十二年に一度、秘仏の御本尊様を御開帳するが、その御本尊様から七色の紐《ひも》を通して、本堂前の庭に柱を建てて紐をそこまで下ろし、参拝者が紐をさわり鐘を鳴らすことで御本尊様の手とつながるという仏事があると知り、四月から十一月までの全八回に分けられた日帰りツアーに私は迷わず参加し、お参りと観光を兼ね備えた秩父路の旅人となった。

日本百観音霊場とは、西国三十三観音霊場、坂東三十三観音霊場、秩父三十四観音霊場を合わせた百観音霊場を言うそうだ。

一、秩父三十四観音霊場は、山間の地に民衆が作り上げた素朴な霊場で、室町時代に民間信仰の中から広まったのが秩父札所。

第一番、四萬部寺《しまぶでら》から第三十四番の水潜寺《すいせんじ》まで、全長僅か一〇〇キロと小規模で、地元の人々に建てられてきた素朴な山里の霊場である。

二、観音霊場巡礼とは、観音菩薩はそのお姿を三十三に変化させ、慈悲と慧地《けいち》により衆生を救済するお仏様だと言われていることから、その数に合わせて定められた寺院を巡礼することである。

三、六観音様とは、六道世界に輪廻《りんね》する衆生を救うため、六道それぞれに配された観音様のことをいう。六道とは、地獄道、餓鬼道、畜生道、修羅道、人道、天道で、それぞれに変化した観音様が次のように配されている。

地獄道……聖観音
餓鬼道……千手観音
畜生道……馬頭観音
修羅道……十一面観音
人道………真言宗では准胝《じゅんてい》観音
　　　　天台宗では不空羂索《ふくうけんじゃく》観音
天道………如意輪観音

四、干支とは、万物の盛衰、四季、方角などを表し、人に置き換えて健康、寿命、運勢の強弱などを十二支に区別して表したものである。

五、お参りの作法

上着の上から白衣かおいずるをつける。輪袈裟《わげさ》を首から掛け、数珠、念珠を持つ。
（イ）白衣・おいずる：身につけることで俗世を離れ清浄にして無垢な状態に入ることを意味する衣のことで、袖なしのものを「おいずる」という。
（ロ）輪袈裟：巡礼の必需品であり、巡拝の時肩にかける、つけることで心の浄化、罪業の消滅、仏様の光が身に加わるとされる。
（ハ）数珠・念珠：念仏の数を（何回唱和をしたか）数える道具。珠をひとつ繰るごとに仏を念ずることから念珠と呼ばれる。

六、参拝の方法
（イ）入山：寺院に入る時、山門の前で手を合わせ一礼する。
（ロ）身を清める：山門をくぐり手水鉢にて手（左、右）と口を清める。
（ハ）鐘をつく：鐘楼でゆっくり二打、鐘をつく。「戻り鐘」といって参拝後につくと功徳が消えてしまうとされる。
（ニ）灯明・線香：線香は三本（過去・現在・未来を表す）。ロウソクとも着火は自分のマッチからライターでする。
（ホ）納札、お写経：本堂にある所定の箱に入れる。
（ヘ）お賽銭《さいせん》：手で静かにすり落とす。決して投げないこと。
（ト）合掌をしながら読経を唱和する。

七、お勤めについて

（イ）懺悔文《さんげもん》　一遍

我昔所造諸悪業《がしゃくしょぞうしょあくごう》　皆由無始貪瞋癡《かいゆうむしとんじんち》

従身語意之所生《じゅうしんごいししょしょう》　一切我今皆懺悔《いっさいがこんかいさんげ》

（ロ）三帰《さんき》　三遍

弟子某甲（自分のこと）　盡未来際《じんみらいさい》

歸依佛《きえぶつ》　歸依法《きえほう》　歸依僧《きえそう》

（ハ）三竟《さんきょう》　三遍

弟子某甲　盡未来際

歸依佛竟　歸依法竟　歸依僧竟

（ニ）十善戒《じゅうぜんかい》　三遍

弟子某甲　盡未来際

不殺生《ふせっしょう》　不偸盗《ふちゅうとう》　不邪淫《ふじゃいん》

不妄語《ふもうご》　不綺語《ふきご》　不悪口《ふあっく》

不両舌《ふりょうぜつ》　不慳貪《ふけんどん》　不瞋恚《ふしんに》

不邪見《ふじゃけん》

（ホ）發菩提心眞言　三遍

おんぼうじ　しった　ぼだはだやみ
（ヘ）三摩耶戒眞言《さんまやかいしんごん》　三遍
おん　さんまや　さとばん
（ト）開経偈《かいきょうげ》
無上甚深微妙法　百千萬劫難遭遇
我今見聞得受持　願解如来眞實義
※法事の時にご住職がお経を唱える前に、この開経偈を初めにあげる。
（チ）『般若心経』
（リ）『観音経』：『妙法蓮華経観世音菩薩普門品第二十五』の偈を唱える。
（ヌ）お参りをさせていただいておりますお寺さんの御本尊様の御真言
（ル）光明真言　七遍
おん　あぼきゃ　べいろしゃのう
まかぼだら　まに　はんどま
じんばら　はらばりたや　うん
（ヲ）高祖弘法大師御宝写　七遍
南無大師　遍照《へんじょう》金剛
（ワ）個々の祈願

（カ）回向《えこう》ノ文《もん》

願《ねが》わくは、この功徳を以《もっ》て普《あまね》く一切に及《およ》ぼし

我等《われら》と衆生《しゅじょう》と皆共に佛道を成《じょう》ぜん

以上（イ）から（カ）までを参加者全員で、出発のバスの中から唱える。御本堂ではそのお寺さんの御本尊様の御真言とお経を唱えるのだが、本格的にお経を唱えたのも初めてなら作法も不慣れな私は、同行の先達のご住職についていった。

各札所でたどる石段の一段一段が観音様のご慈悲とご縁を深めてくれ、何故か亡き兄の喜ぶ姿が見える。

あるお寺さんで法話を拝聴した時に、

「慈悲の仏、観音様の前で手を合わせ、ただ祈り、お寺から次の札所へと巡る心の旅、それを巡礼と申します。祈ることは自分が未熟で罪深いことを改めて自覚すること。それゆえに祈りを繰り返し、人の、自分の幸せを念じるのです。観音様の御宝前で『忘己利他』（己を忘れて他を利する）の気持ちで祈りましょう。巡礼は心の穢《けが》れを取り除く旅です。

観音様の御宝前にて『南無大慈大悲観世音菩薩』と称《とな》えましょう。皆さまがよりよい巡礼をされることを祈念いたします」

このお参りで深めた仏縁は、日々の世話の中でも生きてきた。毎朝、巡礼でお教えを受けたとお

り、神仏に手を合わせて三十分、すべてのお経を唱える。

自然の美しさが満喫できた秩父の礼所巡り、一巡約一〇〇キロ。春の桜から始まり、その桜花が生まれいずる命の喜びなら、満願を迎える頃は、落葉樹が赤や黄に染まる秋の紅葉。紅葉は激しい命の燃焼なのだろうか？

亡き兄の供養の巡礼路が私の心の洗濯にもなっており、新鮮な発見の連続であった。素朴な田園風景の中、一ヶ寺、一ヶ寺と巡るうちに、次第に五感が研ぎ澄まされていく感覚が味わえてきた。秩父三十四観音霊場で身体が自由にならず涙が出てきたのは第三十一番、観音院だった。御本堂が山の頂上にあり、急な石段が三百余段。やっと上ると地肌の見える細い道。手摺もなく、急斜面に手をかけ、滑るのをなんとか木の根に駆け上がる。汗と共に涙がこぼれ、息も「ハァハァ」でなく「ゼイゼイ」と胸の奥がしめつけられ、身体障害者四級の私にとって修行というには苛酷な試練であった。

山頂にたどり着いても足がガクガクして立つのもやっとだったが、お経を唱え下山する時には周りの景色を堪能する余裕もでき、身心共にすがすがしく、何ものにも代えがたい喜びに変わった。

しかし翌日、足の跛行がひどくなり、友達に杖を借りやっと歩くことができた。里山の中の霊場、一、二ヶ寺の難所に身体の自由がなくなり歩行にも困難がつきまとうなら、坂東・西国の霊場をお参りできるか心が乱れたのだ。

第三十四番は水潜寺（結願寺）。この頃になると唱えるお経も初心者からベテラン？になり、心が洗われ、なごみ、広がってゆくのが感じられて余裕が出た。

かくして日本百観音札所巡りのうち、最初の目標であった秩父三十四観音霊場巡りを、無事達成したのだった。

坂東三十三観音霊場巡り

平成十五年（二〇〇三年）三月から十二月まで月に一度、日帰りバスツアーで坂東三十三観音霊場を巡礼することにした。緑寿の今、足腰が痛まないうちにと考えたのだ。

坂東三十三観音霊場は、古武士のような凛《りん》とした風情の古刹が多い。坂東札所が形成されたのは鎌倉幕府の創設者、源頼朝から三代実朝の代にかけて定められ、初めは武士の間からやがて庶民の間に広まったと聞いた。

第一番の発願札所は鎌倉最古の寺院として名高い杉本寺《すぎもとでら》。ここから全長一三五〇キロ、関東一都六県にまたがる平野を大きく時計回りで巡る道のりを経て、第三十三番満願札所は千葉県館山市の那古寺《なごじ》である。浅草寺、長谷寺、水沢観音、大谷観音など関東を代表する名刹が連なる半面、昔ながらの素朴な趣も色濃く残り、『東国武士』の気風が今もなお感じられる霊場と言える。

江戸時代の観音堂が多く、彫刻などには目をみはり新鮮な発見の連続だった。いずれも個性豊かな三十三ヶ寺、観音様の手引きによる『一期一会』があった。

そして札所巡りは兄への愛・追慕・巡礼の喜び、亡き兄との話の場……。

秩父札所第三十一番、観音院のお堂は山の頂上にあり、数百段の石段を上る時、めまいと息苦しさで倒れそうになったのだが、坂東霊場のほとんどは数百段の石段があると聞かされ、私は気持ちを改めた。これまでの生活習慣を見直し、まず自分の体調を整えて百観音霊場満願を達成し、亡き兄の御魂《みたま》の安らかな成仏を願うという目標を立てた。そして諦めずに歩み続けることができるよう、一日一時間の水中歩行の訓練を自分のペースでこつこつ続けた。

しかし、毎日プールに通うのは、なかなか難しい。体力のなさを実感し本当にガックリした。〝百観音霊場〟巡礼の旅は私にとって夢のまた夢？　この夢に一歩でも近づき、兄のために、いや私自身が生きるために、己を奮い立たせたのだ。

「暑さ寒さも彼岸まで」、彼岸のお墓参りを済ませると、札所巡りに旅立った。

坂東第一番は、鎌倉の大蔵山杉本寺。その名のとおり大蔵山の中腹にあり、享保十年（一七二五年）建立の山門をくぐって、多くの参詣者によって踏み減らされた急勾配の石段を上り詰めると、茅葺《かやぶ》きの本堂が杉木立ちを背に建っていた。鎌倉最古のお寺らしい枯れきったたたずまいが、疲れた私の身体に潤いを与えてくれたのだった。

第二番、海雲山岩殿寺《がんでんじ》も、山門を経て百余段の石段を踏むと観音堂があり、古木に囲まれたこの風致は森厳そのものだった。

第三番、祇園山安養院田代寺《たしろじ》。鎌倉には〝花のお寺〟が多いが、ここも花が咲く風情溢れる霊場で、何より私には石段が少ないので大変助かった。

第四番、海光山長谷寺《はせでら》。この地には七十余のお寺があるが、大仏様と長谷観音が最も有名。ここも山門をくぐると石段は左右に折れ、息もハァハァつき胸が痛くなりながら上った。健常者には長谷寺の魅力の一つがこの参道だが、私には修行の道と心に念じ歩いた。

第五番、飯泉山勝福寺は、東海道線の平塚と小田原の間に流れる酒匂川《さかわがわ》のほとりにある。

第七番、金目山《かなめさん》光明寺も、金目街道に沿って流れる金目川のほとりにあり、石段もなくホッとした。

第八番、妙法山星谷寺《ほしやでら》は街中にある寺で、川のたもとのせせらぎを聞きながらお参りした。

仏教には『和顔《わげん》愛語』という言葉があるが、今回のツアーのお参りは私にとって、『和顔愛語』の札所巡りであった。

第六番、飯上山長谷寺《ちょうこくじ》は、丹沢から東へ延びる尾根、海抜二八〇メートル余りの白山《はくさん》の中腹にお堂が位置しており、難儀の連続。

第十番、巌殿山正法寺《しょうぼうじ》は東上線高坂駅近くで、標高一三五メートル。正面の石段を上ると、禺禅和尚の筆になる『施無畏』の扁額《へんがく》を掛ける仁王門、さらに痛む足をひきずり上り詰めると、岩壁に囲まれた広い境内に観音堂があった。

秩父札所巡りを始めた頃は、街中の寺院の数十段に満たない石段を上ることがきつく、右足が重く前に歩くのがやっとだった。障害を持っていることを『なんて不運な星のもとに生まれたのだろう!!』とひとり心の中で呟いていたが、秩父札所から坂東霊場と続く中で『ありがとう』、『おかげさまで』という言葉が頻繁に自然に出るようになり、足の痛み、歩けぬつらさはあるものの、愚痴をこぼす回数も少なくなった。

苦難の道だけれど、その石段の一段一段が亡き兄の魂に通じる道。観音様のご慈悲とご縁を深め、手を合わせる回数が増すごとに兄との距離も近くなり、巡礼路を歩きながら兄と心の中で語らうひととき、やすらぎの中に身を置くことができたのだ。

坂東三十三ヶ寺の中で特に心に残った霊場は、第十五番、白岩山長谷寺《ちょうこくじ》で、「白岩の観音様」として親しまれており、木彫像の古い作風で藤原期のものとか。東国における平安文化の代表作といえるそうだ。

第十八番、日光山中禅寺は海抜一二六九メートルの中禅寺湖の湖畔にあり、紺碧《こんぺき》の湖に美しい朱の彩りを添えて建つ中禅寺大悲殿、また五大堂は、坂東札所の中で最も美しい殿堂であろう。五大堂の天井画『瑞祥龍』は堅山南風画伯の筆、格天井の『日光花づくし』の絵は院展同人二十四人の筆になる。ここからの山と湖の景色は素晴らしく、訪れた日は少し風があり、葉擦れがこだまとなって山肌に響き渡る。湖は波紋を繰り返し、緑濃い七月の山々の眺めは絶景だった。

第十九番、天開山大谷寺は宇都宮市大谷町《おおやまち》にあり、御本尊も大谷石で造られている。「石心塑像《せきしんそぞう》」の御本尊は、「いつの世に刻まれたか知れぬ年古《としふ》りた石の仏の姿、大きい岩のおもてを拝する時、人は何か神秘の感に打たれる」と川勝政太郎氏が述べている。軟らかくて崩れやすいこの大谷石に、よくもこのような複雑な表現ができたもの。まさに神業と言えよう。「石心塑像」といって石を削り、その上に朱を塗り、塑土《そど》で細部を粉飾して仕上げたものという。

第二十一番、八溝山日輪寺は、茨城・福島・栃木の三県にまたがる八溝山脈の主峰、標高一〇三

○メートルの頂上近くにある坂東札所第一の難所。途中までバスで行き、山道が細くなる頃タクシーに分散して七合目まで行く。あとは歩く歩く、石段を上る上る、峰の細道を踏み分けひたすら歩く。『南無大慈大悲観世音菩薩』と心の中で唱えながら、足は悲鳴だ！

第二十四番、雨引山楽法寺《あまびきさんらくほうじ》は、筑波連峰の端を占める雨引山の中腹に建つ。山裾までバスで来ると黒門があり、そこから石段五〇〇段の上り坂となる。幾百年の長きにわたり人々の足によって減って丸くなった花崗岩の石段の一つ一つに、祈念した方々の信仰の跡を感じた。六月にはあじさいの名所として有名。

第三十一番、笠森寺《かさもりじ》は、樹齢が何百年という杉や楠《くす》が亭々としてそびえている。バスを降りるとほかの人は急な石段の「男坂」を登ったが、私は駐車場脇の「女坂」を数人であえぎあえぎ樹林の中を歩いた。途中、二代目広重の『諸国名所百景』の錦絵にも描かれたお堂があり、そこから舞台造りの御本堂へ。靴を脱ぎ七十余段の急な木の階段を上る。朝からの雨で階段はぬれ、スリッパと履き替えるのだが滑る。一段一段を踏みしめ、やっと御本堂の回廊に出た。高さ三十メートル、雨にけぶる眺めは水墨画のように美しかった。また足の痛みと疲れも癒やされ、次の寺院へと向かうことが！

第三十三番、補陀洛山那古寺《ふだらくさんなごじ》には、暮れも押し迫った十二月十九日にお参りをした。満願寺であるこの寺院は那古山の中腹にあり、「裏坂」と呼ばれるゆるい勾配の参道を進み仁王門をくぐる。さらに石畳の参道を進んで、藤原期の作と伝わる木造阿弥陀如来の座像を祀る阿弥陀堂を拝した。我が子の一代守り御本尊である。「おん、あみりた、ていぜい、からうん」と自然に御真言が出る。

さらに坂を登ると、観音堂の御拝には老中松平定信の揮毫《きごう》による『円通閣』の額が掛かっている。境内から夕日に赤く染まった海が見渡せ、その夕日に祈りを捧げた。

三十三ヶ寺、すべてのお寺さん、その一ヶ寺一ヶ寺の祈りの念が私の心を澄ませ、雨にも負けず、夏の日の太陽にもめげず、十ヶ月をかけてお参りをさせていただいたことに感慨の涙が自然に出てきた。

秩父霊場三十四ヶ寺を加える六十七ヶ寺を無事に満願させていただき、その険しい祈りの道を最後までたどり着けたのも同行二人、お釈迦様と共に巡ったおかげ。坂東札所巡りからは私の横にいつも子供が寄り添い手を貸してくれ、時にはギブアップする私を励まし、慰めてくれたのだった。

夢だった『百観音霊場満願』を追いかけたが、夢は一人では実現できなかった。また、私の夢の巡礼には札所巡りの仲間がいたのだ。霊場巡りの過程で多くの方々の支えがあったからこそ感謝と喜びを味うことができた。行く年に無限の感謝をし、来る新たな年に幸を願う。

さて、次の西国三十三観音霊場は、日本百観音霊場で最古の観音信仰の発祥地であり、一二〇〇年以上もの歴史を持つ。奈良・京都・大阪・兵庫・和歌山・滋賀・岐阜の二府五県にまたがる全長一三〇〇キロの道程である。第一番の発願札所は和歌山県勝浦の青岸渡寺《せいがんとじ》の石段四六七段から始まり、第三十三番、谷汲山華厳寺《たにぐみさんけごんじ》（結願寺）で精進落としの『コイ』に触れて巡礼を終える。

参加をしたツアー会社では三回に分けて巡礼を行う。一回目は三泊四日で第一番、那智山青岸渡寺から第九番、興福寺南円堂まで。二回目は第十番、明星山三室戸寺《みむろとじ》から第二十三番、応頂山勝尾寺《かつおうじ》まで。三回目は第二十四番、紫雲山中山寺から第三十三番、谷汲山華厳寺（満願霊場）までで、春から秋にかけて毎年札所巡りを主催しており、自分の都合の良い月日を選んで申し込むのだ。

私は平成十五年（二〇〇三年）十月時点で坂東霊場を残すところあと三ヶ寺となっており、並行して元気なうちに難所の多い西国霊場札所巡りをと思い、旅立った。

西国観音霊場　その一

平成十五年（二〇〇三年）十月某日、集合場所の東京駅八重洲口に、おばさん十九名と三十歳の若者一人を加えて集合し、TD（ツアーディレクター＝添乗員）のQさんに連れられて出発した。

新幹線の名古屋駅で降りてJR在来線に乗り次ぐ。待ち時間の時に十八名のおばさんたちに、若者は私の子供で体の自由のきかない親の荷物持ちと分かり、急にやさしくなった。本心か冗談か「貴女のツバメかと思った」と言う。それには子供も苦笑するしかない。私の実年齢を二十歳くらい若くみたらしい。観音様にお目にかかる巡礼に俗世界の異色、色即是空を考えることがおばさん軍団だと思った。

JR那智勝浦駅に到着。巡礼の先達をなさるご住職が迎えてくれた。まだ二十八歳とのことで、涼しい眼をした好青年がニコニコしていた。早速バスで第一番、青岸渡寺へ。私の目の前に長い石段が立ちふさがる。子供はTDのQさんのお手伝いで十九名分の納経帳を担ぎ、石段を駆け上っていった。今日の宿はここ勝浦で、時間は有り余るほどあるから私はゆったりと階段を上る。

御本堂前で、先達のご住職のもと御本尊『如意輪観世音菩薩』様に作法どおり経文を読み上げていく。向拝に戻ってみれば広場は展望所になっており、白い一本の柱のような那智の滝と三重塔があざやかに浮かび出て、美しい景観を呈している。ご詠歌に、

ふだらくや、きしうつなみは、みくまのの

なちの、おやまに、ひびくたきつせ

とあるように、観音様の補陀洛《ふだらく》世界へ導き入れてくださるように感じられた。

お参り後は歩いて那智滝まで、思い思いに散策。滝下まで石段を下り、滝の近くまで行く。深い線を背に白い飛沫を上げながら流れ落ちる清冽な滝は、青岸渡寺の三重塔に映え、自然が創出する芸術、幾多の巡礼者が魅了された幽玄の山水画である。その世界にしばし浸って元気をいただいた。滝の持つマイナスイオンを思いきり吸い込む。思えば五時間も電車とバスに座りっぱなし、降りると五〇〇段の石段、本当にお疲れさまな一日でした。右足よ、よく耐えたね！

二日目は、那智勝浦町からバスで紀伊半島を時計回りで国道四二号線に沿って北上。途中、名所の「橋杭岩《はしぐいいわ》」で休む。国道をはさんで有名な和菓子屋があると聞き、絶景より食い気で買いにいく。日帰りのお参りでなくゆとりを持った三泊四日なので、誰の顔もやさしく穏やかである。白浜町、田辺市、御坊市、有田市を通過し、車窓から左手に紀伊水道を見ながら午前中は観光気分。今日のお参りは第三番、風猛山粉河寺《こかわでら》。清少納言が『枕草子』に「寺は石山、粉河……」と書いたように名刹として知られている。

一五〇段の石段をやっと上り、お勤めをして本堂内にある『門前の虎』を拝見。説明板に「左甚五郎作、八代将軍徳川吉宗寄進」とあった。庭園前の広場の一角には、芭蕉の句碑や若山牧水の歌碑なども見られた。

次は第二番、紀三井山金剛宝寺（紀三井寺《きみいでら》）へ。バスを降りると長い石段の上りが待つ。数段でもう息切れがする。二三一段、健脚者でも楽ではないと言われている。子供は皆さまの納経帳を担ぎ、風のように二段飛びで行く。私の右股関節機能全廃の足は前に進まず、何度も引き返そうかと思ったが、

『これは兄の供養の札所巡り、難関でも進まないと。お参りのお経を御本尊様の御堂前で唱和しないと〝百観音霊場満願〟にならない。秩父や坂東巡礼だけでは供養にならないのよ』

と己を励ます。

ハァハァでなく、ゼイゼイと気管支喘息《ぜんそく》の人のように言葉も出ず胸がしめつけられ、石段の手摺に体重をのせて一歩一歩、亀のように這いずり上る。紀三井寺貫主、前田孝道氏がおっしゃった。

「私たち一人一人が生きていく、その人生の旅もまた毎日が晴天とは限りません。時には災難に見舞われたり、何をやってもうまくいかず、愚痴をこぼしたくなる雨天もあります。そんな時『この苦境の中、よくぞ頑張っているな』と観音様がいつも見守ってくださっていると思えば、こんな心丈夫なことはないのです」と。迎拝を続けてこられたのも、観音様のご加護と先達のご住職、ＴＤのＱさん、十九名の祈りの仲間と子供のおかげ。感謝の連続で……。

今日のお宿は新和歌浦観ホテル。海に沈む真っ赤な夕日を眺め、窓下の海が奏でる音に目をつぶると、西方浄土にいる兄が、『人々は愛する肉親といつかは必ず別れ、離れていかなければならない……（愛別離苦）』と話しかけているようだった。

夕食は大広間で昨夜と比べると雲泥の差のご馳走で、ほかの方々はお酒、ビールでなごやかに語り合っていたが、私は野天風呂に入り足をもみ、のんびり湯舟に浸かった。目の高さに海があり、耳もとで潮騒が優しくリズムを奏でる中、一人でオーシャンビューを満喫した。

三日目も晴天。まず第五番、紫雲山葛井寺《ふじいでら》からお参りをした。寺は市内にあり、石段も数段で山門を入っても霊場という感じはなく、親しみ深い庶民の憩いの場として賑わっている。御本尊は千手観世音（国宝）で、柔和な眼差しで静かに見守っておられた。

バスで国道を南東に下り、槙尾口から狭い山道に入って迂回《うかい》しながら登り、やがて麓へ到着した。バスを降りるとそこはもう急勾配の坂道で、数十メートル歩いただけで息苦しく、一時は途中離脱も覚悟した。だが戒名も付けてもらえず、入るお墓があるのに妻に納骨されぬ兄の不合理を思い、心の中で格闘して進める所まで、歩ける場所までと考え直した。歩くというよりカニの横ばいで、足の裏を地面にすりつけてずるずる登る。子供は私の重いショルダーバッグを肩にかけ、二十名分の納経帳を持ち、鳥のように走り飛んでいった。

一二〇〇メートルの急な山道は、健脚者でも三十分近く登る険しく細い道。左眼下には深い谷底、右側は山肌が崩れ落ちたけもの道。石段があったのは初めのうちだけで、足場の悪い道を懸命に登っていく。その一歩一歩のあゆみ、その積み重ねによって御堂に近づくのだ。

かすかなこもれ日の中に観音様の御堂はあった。難行しながら山頂へ登り詰めた喜びは言葉では言い尽くせない。施福寺で唱和した『観音経』、『般若心経』は涙がこぼれ、声が出なかった。

仲間の方々は「上りより下りが大変」と言うが、私は下りのほうが楽だった（右股関節の骨切り手術で足の向きを前でなく外側に付けたので、右足は前に出しにくいのだ）。お山を下っていく時は、私に羽がはえたのだろうか軽々と歩け、景色を堪能することもできた。

山の頂から駆け下りてくるように渓谷を美しく錦に染め上げていく紅葉、緑の木々の間に絵筆を置いたような緋《ひ》の差し色、金の波、ほとばしる一瞬だけのあでやかな光景。大らかで懐の深い自然の中に身を重ね、苦しさは去った。私に兄への思いがなければ、気持ちがなければ山頂までは到達できなかったのだ。

次は国道一六五線で長谷寺《はせでら》へ移動する。途中で宿の小型バスに乗り換える。井谷屋グランドホテルに荷物を預け、長谷寺の門前町に〝隠れ寺〟の風情でたたずむ番外、豊山法起院へ。門前町を流れのままに歩いていると気付かない、通り過ぎてしまいそうな小さなお寺である。山門前の石標に『西国三十三霊場開基、徳道上人御廟所』と刻まれている。全員で徳道上人の供養塔の前でお勤めをして、長谷寺へ向かう。

第八番、豊山《ぶさん》長谷寺の仁王門を通り、長谷寺のシンボルとも言える登廊《のぼりろう》を進む。登廊は屋根付きの三九九段の登りの回廊形式で、長さ二〇〇メートル、頭上に三十三個の風雅な八方行灯《あんどん》が数間置きにあり、風情を添える。

登廊は二度折れ曲がり、傾斜もきつくなって、本堂の東側まで続く優美な登廊も私にはもう限界が過ぎ、一歩も前に足が出ない苦難の路《みち》。ご住職の「ゆっくり行きましょう。急がなくていいのです、僕がいなければお経も始まりませんから」、その言葉に甘え、決して急ぐことなく、固定されている股関節、曲がらぬひざで一歩ずつ私はゆっくり歩いた。ご住職のやさしい声、人が人を思いやる心の温かさをこの遍路で教えていただいたのだった。

薄暗い堂内に安置された御本尊・十一面観世音菩薩は高さ十メートルを超える木造仏で、国内最大級。御本堂も本尊も重要文化財に指定されている。巡礼の回数が増すごとに唱えるお経にも熟達し、経文も極限に達する。お勤め後、御本堂の舞台に立ち、山と山の谷間に隠れるような寺や里を見下ろしていると、万葉の昔の『隠国《こもりく》の泊瀬《はせ》』の気配を感じたような気になった。

今晩の宿は門前にあり、散策しながら寺内の紅葉を心ゆくまで眺めた。その色と輝き、幸せの感触はそこにあった。せわしい都会を離れ、三泊四日のやさしく静かでゆるやかな時間の中に私はいた。幼い頃、貧しい中にも感じた穏やかな空気、ゆとりを忘れてしまった私が、今、大自然にいだかれ包まれている命のぬくもり……。

『人のために拝むことは、必ずやその人の心が反映され、心には自然と〝合掌〟が生まれます』とある寺のご住職のお言葉を思い出したのだ。

最終日の今日も朝から青天。第七番、東光山岡寺《おかでら》へ向かう。飛鳥のお寺なので観光客が多いと聞くが、朝早いのでお参りの方々はおらず私たちだけだった。シャクナゲはまだ咲いていなかったが、その坂道を行く。仁王門はどっしり構えた楼門様式で、朱塗りも華麗な桃山建築の重要文化財。御本堂へは石垣沿いの石段を右へ折れ左へ曲がって出る、お城を思わせる造りである。

御本堂は入母屋造り本瓦葺きで、妻（側面）に唐破風をつけ、その下が礼堂になっている。御本尊様は日本最大・最古の塑像観音像で、如意輪観音（重要文化財）。この観音像は、インド・中国・日本三国の土で弘法大師が造られた尊像と伝わる。如意輪とは、物事を自分の意のごとくかなえていただけるとの意。

けさみれば、露岡寺の　庭のこけ　（御詠歌）

第六番は、壺阪山南法華寺《つぼさかさんみなみほっけじ》。これが正式名だが、ほとんどの人は『壺阪寺《つぼさかでら》』と言うそうだ。境内で目をひくのは斜面に立つ白い大観音像で、高さは二十メートル。昭和五十八年（一九八三年）に開眼した。三億年前のものというデカン高原の花崗岩で造られており、インドから贈られた。その前方には全長八メートルの大涅槃《ねはん》石像が横たわる。

巡礼の間、私たちは各霊場で「南無観世音」を唱えた。すれ違う方々に知らず知らず「おはようございます」とにこやかに挨拶をして、私たちは柔和な目（眼施）、機嫌のよい顔（顔施）、温かい言葉（言施）の修行ができていたのだ。

天高くどこまでも深く澄んだ青空、朝夕のひんやりした大気、穏やかな真昼の光、刻々と移ろうその色合いを写し取るような木々は、それぞれの色に染まる。あでやかな紅葉を追い、お寺さんからお寺さんへ落ち葉を踏み、巡礼道を歩き、御堂でお経を唱えれば心に豊かさが宿り、道が険しくて苦しい時ほど無になれた。ひたすら観音様にお目にかかるために、あの幼い日、戦火の中で生死を共にした兄の成仏をお願いする祈りの三泊四日の旅（巡礼）で得たものは多く、それらを直接見て、聞いて、触れた。苦しくつらい時もあったが、石段を上り山肌に手でしがみつき山頂にたどり着いた時、同じ目的を持った二十名の仲間に友情が生まれた。打ち解けて巡った今回の観音霊場も、残すところ一ヶ寺となった。

第九番は興福寺南円堂。藤原氏が建てた興福寺に一堂が加えられ、いつしか西国札所になったのが南円堂である。国宝である不空羂索観音を安置しているのはここだけで、直径十五メートルの本瓦葺き八角円堂は重要文化財。興福寺貫首、多川俊映氏は言っていた。

「物事のありさまや人の消息のことを〝動静〟と言うが、〝動〟と〝静〟との両方があいまってこそ、その物事や人を全体的に捉《とら》えることができる。この世のことすべて〝動〟の部分と〝静〟の部分とがあって均衡の上に成り立っている。今日、私たちは情報社会の中に暮らし生活は便利になっているが、情報は洪水のごとく押し寄せ、異様な喧噪《けんそう》感を伴っている。喧噪を遮断すれば社会の動きに取り残されると強迫観念が迫ってくる。〝動〟の下《もと》で蔑《ないがし》ろにされている〝静〟の部分をいかに見直すか、日常生活の中で、いかに静寂の空間と時間を取り戻していくか、〝動〟と〝静〟の均衡を保ち、生活することが望ましいのです」と……。

奈良公園の一劃《いっかく》にある興福寺は、公園の中にとけ込み、名物の鹿が芝生の上をさまよい、まことにおおらかな感じであった。

巡礼の中で、本当の豊かさとは何かと考え、神々しい寺院、厳粛な静けさ、川のせせらぎ、植物の持つそれぞれの色、その生命から数多くの力をいただき、また、教わることもあった。

立派なお堂を持つお寺、庭園の美しいお寺、眺望の素晴らしいお寺、名勝、旧蹟、花の寺。一二〇〇年以上という悠久の歴史と伝統を持つ西国観音霊場も、一ヶ寺から九ヶ寺を今回、第一番から第九番までお参りさせていただき、第一回目の西国の旅も無事に終わりが近づいた。

観音様と同行二人で険しい山道も踏破し、すべてをお参りさせていただけたのも、観音様のご加護と言えるだろう。

観音様にお会いできた喜び
生きるのは
愛と喜び感謝と祈り

西国観音霊場　その二

西国霊場に鎮座する観音様に再びお目にかかるために、平成十六年（二〇〇四年）四月六日より二泊三日の遍路に出た。二回目は第十番、明星山三室戸寺から第二十三番、応頂山勝尾寺までの十四ヶ寺と、番外の一ヶ寺、華頂山元慶寺《がんけいじ》を巡る旅（巡礼）である。

前回は二十名と家族的だったが、今回は四十三名。京都駅に着きバスに乗ってから波瀾万丈の旅（巡礼）の幕が開く。

番外の元慶寺は遍昭が開いた。歌人としては僧正遍昭の名で六歌仙の一人に数えられ、

　あまつ風　雲のかよひ路吹きとぢよ　をとめの姿しばしとどめむ

の歌は、『小倉百人一首』の中でもよく知られている。十九歳の花山天皇は、藤原兼家らの謀略によってこの寺で出家させられたという。

昼食のある高台寺まで、国道一号線を市内に入り川端通りを北上する。車窓からは川岸に咲く満開の桜が見え、「キレイ」の声が聞こえる。八坂神社、円山公園と桜の中を車は行く。

午後からは第十七番、補陀洛山六波羅密寺へ。御本尊の十一面観音は、空也が市中を引き歩いたあの像だという。

歴史と文化に彩られ、古くは政治の舞台でもあった多くの寺院がある京都は、整然と碁盤の目のように秩序立った街である。昔の人が都として計画し整備した街の美しさ。歴史、文化、芸術、

人々が今も離合集散する古都。街角でふと出会った風景の中にも、古くて新しい芸術都市としての魅力的な味わいがある。

第十六番は音羽山清水寺《きよみずでら》。バスを降り、清水坂を五〇〇メートル登れば仁王門。急に視界がひらけ、広い石段の上に楼門が、その先に西門、鐘楼と見える。それらをバックに記念写真を撮った。私たちの周りの外国人の観光の方々もシャッターを切る。遍路姿に不思議そうな目で何かを話していた。

門をくぐると寛永十年（一六三三年）に徳川家光によって再建された国宝の御本堂がある、その御前でお勤めをする。

清水寺といえば一三九本の大柱に支えられた舞台造りの本堂が浮かんでくるが、音羽山を背景にした優雅な建築美は京都第一の景観であろう。桜吹雪の舞う院内を散策、歴史の息遣いを感じ、古都ならではの深い感銘に包まれたのだった。

第十五番は新那智山観音寺（今熊野観音寺）。観音寺は総本山泉涌寺の塔頭である。泉涌寺は古くから皇室の香華院（菩提所）として「みでら」と呼ばれ、四条天皇以来十五代にわたる天皇・皇后・親王の陵があり、裏手の山は全山御陵になっている。

今熊野観音寺の御本尊は十一面観世音菩薩で、開基は弘法大師。

お寺にバスが到着したのは閉門の十分前で、四十三名も御本堂に行くことができない。何を思ったのか先達のご住職が、いきなり我が子に「全員の納経帳を持って走ってくれ!!」と命令する。子供は言われたとおり一人で駆け足で寺に向かった。

御本堂までは左へ右へと坂が続く。登ったり下ったり。石段を上がると御本堂があり、本日の最後のお勤めのお経を唱和する。参拝が済み、三々五々駐車場まで戻るが、誰一人として子供に「ありがとう」と言わない。四十三名分の納経帳の重さを知っている二人のＴＤも住職も、皆当たり前と思っているのか？　子供も一人の巡礼者として費用を支払っている客なのに!!　西国巡礼、慈悲の道を歩く私にとって、徳を積み謙虚で豊かな心でと思っても、傲慢な態度を見せつけられ、心の中は苛烈すぎて、ホテル東急インに旅（巡礼）の荷をほどいても気持ちがおさまらなかった。

前回の巡礼では旅館の大広間で和気あいあい、同じ志を持つ者同士の和やかさがあったが、東急インでは食事券で個々に食す。夜桜を見たかったが明日に備え、バスタブにゆっくり浸かり、マッサージを二時間もしてもらって早めにベッドに入る。子供は知人がいるので街へ出向いていった。

モーニングコールで五時半に起き、六時半に朝食をとりに「たん熊」に行くが、もう何人かが並んでいる。子供は七時過ぎに来て、私が店内で食事をしているので私の所に来ればいいのに、店の前に数十名が並んでいるので悪いと思ったのか朝食は抜き。八時にバスが迎えに来た。

第十八番、紫雲山頂法寺（六角堂）は、開基が聖徳太子で御本尊が如意輪観世音菩薩。平安京の造営時、ここが京都市街のど真ん中とされた。「六角堂」と呼ばれ、華道家元池坊の寺としても知ら

れている。朝夕仏前に花を供え、それが子孫に受け継がれ、やがて池坊華道が確立する。六角堂頂法寺貫主、池坊専永氏は、

「仏様を拝む時、両手を合わせるのを合掌と言います。もとは印度の礼の仕方で、南方の国々では今でも互いに合掌して挨拶をしています。この簡単なしぐさ、これが仏教では最も相手を敬う尊い姿であると申されます。私たちは、心から『お願いします！』という懇願の言葉、『すみませんでした！』という懺悔の言葉、『ありがとうございます！』という感謝の言葉と共に、自然と手を合わせています」

と合掌の心を慈悲の道で問うておられる。

次は第十番、明星山三室戸寺。三室戸寺までの道程では車窓の左手に川端河畔。優雅な時間が流れる。桜並木が続き、やがて旧奈良街道から家並みが途切れる頃、駐車場に着いた。

左手にお寺があり、ゆるい坂道を入ると緑一色の空間が無限に広がり、薄暗いほどの樹林に覆われている。そこに朱塗りの簡素な山門が立っていた。しばらく行くと六十段の石段になり、上り詰めると広々とした芝生の庭がある。左は納経所で、正面に御本堂がある。

御本尊は千手観世音菩薩の秘仏で、三十三年ごとの開扉という。鐘楼の近く、ツツジに隠れるように自然石が立ち、『浮舟之古墳』と刻まれていた。庭園は広々とした池泉回遊式で、五〇〇〇坪の境内一帯で春から秋まで花が咲き乱れる。アジサイ園は有名である。

駐車場に戻るとタクシーが迎えに来ていた。西国霊場の中でも三指に入る難所中の難所、第十一

番、深雪山上醍醐寺は山麓にあり、豊臣秀吉が「醍醐の花見」をした旧跡は下醍醐である。バスは下醍醐までしか行けず、そこから上醍醐までは二キロメートル以上もあり、西国札所の准胝堂《じゅんていどう》は山上にあるのだ。

タクシーで途中まで急な山道を登り、そこからは〝けもの道〟の昇降を幾度となく繰り返す。深い山道を進みながら風の囁き、野辺に咲く花を愛《め》でる余裕とてない。ハァハァと胸が苦しく、足も踏み出すことができなくなり、登山家が登攀《とうはん》するような道で不自由な足を前に進めることも引き返すこともできず、やっと〝外鰐《そとわに》〟の歩き方で杖に体重をのせ、子供に半分かかえられて峰の上へ登った。しかしまた谷へと下り、再び山へと向かう。それを何度繰り返したことか。心の中で『六根清浄、六根清浄』と唱え、難関を窮《きわ》めたのであった。

ファイティングスピリットなくして札所巡りは到達できない。御本尊様の准胝観世音は、あらゆるものを清浄にすると共に、諸々の願望を成就させる力を持つといわれている。踏破ができたのは『亡き兄の成仏への祈り』、その祈誓に御本尊様が手を差しのべてくださったのだと感じた。

やっと目的地にたどり着き、皆さまとお経を唱和すると、あんなに前に進まなかった右足がすいすい、とまではいかずとも、子供の肩に手を置くだけで杖に体重がのしかかることもなく歩けたのだ。タクシーに戻る時、すれ違う方々が「ガンバレ!!」と声をかけてくださり、人情のありがたさに山深い緑がもやのように見えた。お参りする前は見えなかった、感じなかった五感が私に囁く、『元気になってよかったネ』と。伝えたい大自然の尊さ素晴らしさ、ひんやりとした空気を胸に吸い込めば、緑の中にピンクの色が織りなされ、幻想的な風景が私の心のアルバムにスッと貼り込まれる。

三室戸寺でタクシーに乗り継いだが、分かれたバスが待つ駐車場の場所が、ＴＤの伝達が悪かったのかドライバーにきちんと伝わっておらず、私たちを乗せたタクシーとほかに五台が山中で迷子になり、遠くダム湖までさまようことになった。ドライバーは何度も携帯で仲間に知らせようとするが圏外でつながらず、無駄な「時」だけが流れる。やっと笠取ＩＣの横にある駐車場で、ほかの二十名と合流ができたのであった。

待っているほうは二十分以上も待ちくたびれたのか、六、七名の方がＴＤに、「一体どこに行っていたのよ!!」「ドライバーに集合地を的確に教えなくては駄目よ!!」と口々に罵声を浴びせる。ＴＤも負けず「ちゃんと言いました」と大声でどなり返す……。

私は心の中で叫ぶ。「私たちは霊場巡りの遍路よ」。しかし声には出さない。言えば騒ぎが拡大するから。

バスは重苦しい空気を乗せて曲がりくねった険しい山路を進む。第十二番、岩間山正法寺に到着するまでＴＤの女性は泣いていた。大阪から来た男性のＴＤは知らぬふり。

お参りをする前に境内の入り口にある山中の一軒の食堂で昼食。四十三名中、半数は美味な竹の子飯を食したが、ほかの方々はご飯に芯があり、ほとんど生米に近い状態。運悪く子供はその生米をひと口食べ、あとは食べなかったが、何人かの人は「芯が歯に詰まる」と言いつつも食べていた。

昼食が済むとお寺へ。山門はなく、左右に立つ仁王像に迎えられた。本尊は千手観世音菩薩で、神社を思わせるような本堂と不動堂の間に『古池や蛙《かわず》飛び込む水の音』の句にちなんだ池がある。


第十三番、石光山石山寺《いしやまでら》は、瀬田川を前にした山門で仁王像が睨む。源頼朝の寄進で建てられた石畳は曲がっていて、進むと石段になる。上ると御本堂の広場へ出る。正面に天然記念物の硅灰石《けいかいせき》があり、背後の斜面にカエデが多く、そのまま自然の造化の枯山水にも思える。鐘楼は重文だが鐘を撞《つ》かせてくれた。さらに石段を上り御本堂へ。秘仏の御本尊、如意輪観世音菩薩は三十三年ごとの開扉で、次は令和六年（二〇二四年）とのことである。

内陣脇に紫式部の「源氏の間」がある。木立の中に国宝の多宝塔。「月見亭」は近江八景の一つ。『石山秋月』で知られている名月観賞地や、芭蕉庵の句碑が並ぶ。木々が萌え生命の溢れる大自然、川のせせらぎの音。そこでは長い歴史や多彩な自然に育まれた奥深い魅力を発見、巡るほどに想像の種は尽きない。そこはかとなく、いにしえ人の誇りを刻む音が、かすかに聞こえてくるのであった。

第十四番、長等山園城寺（三井寺）。

いで入るや、波の間の月
三井寺の鐘の

ひづきにあくる湖

巡礼歌に詠じられている総門から仁王門へ石段を上る。今まさに満開の桜花の下を、子供と二人でゆっくり歩く。そぞろ歩けばまた石段、途中あまりにも美しい桜に見とれ、子供が写してくれた数多い写真。三井寺は長等山の山腹に諸堂が点在した広大な寺域である。

しばらく行くと急な一四四段の石段。上ると正面に元禄二年（一六八九年）再建の二層瓦葺きの観音堂がある。

四十三名が揃うまで展望広場で景色を堪能する。琵琶湖の美しい風景と大津の街が一望でき、「近江富士」の名で知られる三上山から、比叡《ひえい》、比良の連峰まで見えた。

広い境内には国宝、重文の建物が多く、左甚五郎が彫ったという『竜』が金堂の縁からよく見えた。その近くの霊鐘堂では『弁慶の引きずり鐘』と呼ばれる重文の鐘が見られ、『三井の晩鐘で』知られる名鐘がある。竜も鐘も壮大な伝説を秘めている。

お勤めの後は三々五々駐車場へ。桜のトンネルの中を桜花の霊気を胸いっぱいに吸い込み、元気になる。五時を過ぎており、子供はやっと駐車場の屋台でメロンパンを買い、今日初めて食した。

一路、京都市内の東急インへ帰る。長い一日がやっと終わる。

「たん熊」で夕食後、子供は友達の家へ。私はバスタブにゆっくり浸かり、昨夜と同じ人にマッサージを頼んでから早めにベッドに入る。子供が帰ったのも分からず寝ていた。

最終日、今日も晴天である。昨日の朝食を七時過ぎに来て食べ損ねた子供も、一緒に「たん熊」の前に並ぶ。七時が開店だが、席が少ないのでもう数十名が列を作っている。中華のバイキングに行った人が多い。

食事は早めに済ませて、自宅に送る荷作りをしてフロントに頼む。八時に迎えのバスが来た。

第十九番、霊麀山《れいゆうさん》行願寺（革堂《こうどう》）は、常に皮の衣を身にまとって市中で布教し、「皮の聖」「革聖人」などと呼ばれた行円が創建した。御本尊の千手観音像は、行円が夢で賀茂社の「槻《つき》の木」（けやき）を教えられ、譲り受けて刻んだという。高さ二メートル五十センチで秘仏とされ、毎年一月十七、十八日だけ開扉されている。

第二十番は西山善峰寺。国道から分かれて細い山道に入り、右手の善峰川の峡谷に沿って緩やかな坂を登ると、木立に覆われた谷間に朱塗りの一ノ橋が見える。バスはここまで、降りて橋を渡る。目の前に、曲がりくねった急勾配の坂道がつづら折りに迫る。私には、もう登る馬力がない。私の肉体は歪んでいるので、健脚者でもきついこの勾配は耐久力が続かず、歩くのもやっと。なかなか足が前に進まない。

坂の中央の手摺に両手をかけ、子供が押してくれて数メートル動く。ここまで来たら、もう引き返せない。この二泊三日の札所巡りでは、街中のお寺さんは別としてほとんどが山の中。そのたびごとに〝死闘〟と言っても過言でない自分との戦いであった。何度リタイヤを考えたか……でもあとひと息、行くしかない。

『足よ!!　私の右足よ!!　あと三ヶ寺でお参りは済むのよ!!　明日からゆっくり休ませてあげるから、動いて!!』

この遍路に参加するにあたり半年間、毎日プールで水中歩行の訓練をした。それなのに、なんというありさまなの……。ほかの方がどんどん追い越していく。

やっと仁王門が目前に現れる。嬉しかった。先の石段を上れば御本堂がある。もうひと頑張りだ。

御本尊、千手観音菩薩様の前で唱和。お勤めの後は自由に散策。本堂から石垣の積まれた台地に上がると、前方遥か先に比叡山が見える。多宝塔の前に五代将軍の生母・桂昌院が植えたという天然記念物『遊龍の松』（五葉松で樹齢六〇〇年）が迎えてくれた。大地に生きるものたちの一瞬の命が輝く今、壮美な〝桜〟、その桜にたどり着けたことに感謝をする。

心の中で御本尊〝千手観世音菩薩〟の御真言、
おん、ばざら、たらま、きりく
何度も何度も唱えた。お寺を包む静寂な時の中で、耳を澄ませば聞こえてくる音がある。歴史が織りなす空気がそこにあるのだ。

第二十一番、菩提山穴太寺《あなおじ》は、農家が点在する田園の中で白壁の土塀に囲まれ、仁王門が控える山門は三差路になった道沿いに、あっけらかんと建っていた。創建は慶雲二年（七〇五年）で、当初の御本尊は薬師瑠璃光如来様だったという。現在の聖観音に代わったのは約二五〇年後とされている。

御本堂には薬師瑠璃光如来像も安置されており、右手奥には鎌倉時代作と伝えられる釈迦涅槃像が横たわり、無数の参拝者になでさすられてきた。書院から眺める庭園は、室町様式を残す桃山風の池泉築式である。

第二十三番、応頂山勝尾寺は、明治の森、箕面《みのお》国定公園の一角にある。つづら折りの山路をしばらくバスで行くと、標高四五〇メートルにある勝尾寺が見えて来た。

山門前は山寺とは思えないほど広々としていて、境内に樹木が多い。背後は緑濃い山。その山腹にかけて多くの建物が点在している。桜の季節の今、濃い緑とピンクが相まって、さらに美しくしている。

王に勝つ〝勝王（尾）寺〟には、勝運祈願の人々が多く訪れる。大きな立て札の前で足を止め、見るとこの勝尾寺に寄付をした方々が高額順に右から並んでいた。「一、金十万円」は、誰かと思えば参議院議員の西川きよし氏の妻、ヘレンさんだった。選挙の時、必勝を祈り来院したのだろうか。

この寺院では達磨を売っている。勝利のあかつきには「勝達磨」を奉納する。そのほか、病気平癒、商売繁盛など、なんでもあり？　ご利益を狙う人も多いとのことである。

休憩と宿泊の『応頂閣』は西国一の豪華な施設。そこで私たちも昼食に寄った。『応頂閣』の窓辺からは美しい風景が深まる春を感じさせ、池の水面に風が吹くと、池に映った木々や花が〝かげろう〟のように揺れ動き、動くたびごとに〝蜃気楼《しんきろう》〟も動く。思わずシャッターを押した。

第二十二番、補陀洛山総持寺は、勝尾寺から国道一七一号線を京都方面に向かい、茨木西河原を右折する。その先は大型バスは通行止め。バスを降りJR東海道線のガードをくぐりぬけ左右に折れ、四〇〇メートルほど先でお寺さんの前に出る。丘の下からゆるい坂道を歩くと二十段の石段があり、楼門形式の山門にたどり着く。御本尊は亀の背に立つ千手観世音菩薩。開基は藤原鎌足から八代目の山蔭で、山蔭流包丁式の開祖でもあり、料理関係者の信仰も厚い。

お参りもすべて終わり二十時、伊丹《いたみ》発の飛行機に乗るために伊丹空港へ向かうのだが、今は三時半で、四時半には空港に着く。だが、混雑したロビーで四時間近く待つ体力は私にはなく、心身状態もきわめて悪いので、バスを降りて新幹線で帰ることに決めた。空港に向かうバスの皆さまに手を振って見送り、タクシーを呼ぶ。JR東海道線の摂津富田駅へ。運よく十七時六分京都発の「のぞみ七号」の切符を取得する。

新幹線の中で目をつぶると、古都の眩《まばゆ》いばかりの〝桜〟が浮かぶ。多くの内外の観光客、お遍路の人々を惹《ひ》きつけてやまない春の彩り〝桜〟を愛で、寺院の歴史に感嘆、実感し、時代が流れても受け継がれる数多くのものに出会い、触れた二泊三日。私の肉体の限界を超えた苦難の道でもあったが、石段の一段一段が兄のいる西方浄土に通じる慈悲の道。観音様とのご縁を深め、兄への思いを馳せ、やすらぎの中に身を置けた時間だった。

このたびの札所巡りでも多く方々にご迷惑をおかけした（歩くのが遅くて）が、有り余る時間の中で、時、草花、生きとし生けるものすべてに癒やされた貴重な日々であった。

一回目と今回、偶然ご一緒した方に「来月の三回目も巡りましょう」と言葉をかけていただいたが、私の体力は一ヶ月では回復しそうにもないので、私は秋にお参りすることにしたのだった。

紅葉の季節には、〝百観音霊場巡り〟も満願になることだろう。合掌。

負の連鎖

　天性の美しさに幾多の愛の苦しみを経験し、同時に一人で生きる戦略のひとつの手段として、美しさを〝客に対して〟利用する。

〝美〟というものが力であるのなら、〝美〟もあるいは〝愛〟さえ、極めて有効な生き残り戦略のひとつでもある。道徳的には是とされぬ〝嘘〟を重ね、繰り返しながら、それでも私が気品と美しさを保ち続けてきたのは、〝倫理〟の確かさが貫かれていたからである。

当時、五十七歳の老残の身を巷《ちまた》に晒《さら》した自分の中に、深い女の業を垣間見て、誰もいない部屋で熱い涙を流した。『足が不自由』という負い目や人生の陰の部分を一人で抱えながら、他人に理解してもらうことなど期待せず、奔放で掴みどころがない官能的な女に映るかもしれないが、生きる悲愴感もなく強く生きてきた。

　旅の終わりは侘しいもので、明日から仕事を捜し、いつもの日常生活に戻らねばと思うが、仕事もバイトも見つからぬ儚い根なし草。帰る所とてない者に、老後の設計を考える心とお金の余裕などない。植物が自然に枯れていくように、形あるものは人もすべていつかは滅びるもの。晩年の零落は、私自身の五十七年間の『罪と罰』なのか。

　平成十七年（二〇〇五年）六月に会社を解雇されてから毎日、代官山のティールーム・ウェッジウッドで自分史の執筆をする。夜は庭の樹々や窓ガラスを叩く長雨の音を聞きながら、これまでの仕事と解雇を繰り返し、同じ生き方しかできなかった自身を振り返る。大都会の片隅で我が子と二人で慎ましく生きている中年過ぎの女の、ある種の失意であり、また、ひそやかな溜め息！　断念！　苦い悔恨でもある。

美しい記憶よりも、どんな残酷な裏切りでも現実に生き生きと生身で向き合う関係を大切に扱うべきが、仕事をいくつも潰し、無造作に流して破産させてこなければならなかった。五十代初めから還暦に手が届く今日まで、身体に重い十字架を背負い、自身に掛けた生命保険が〇円になる前に、我が子に渡るために自死の遺言を！

〝死〟は身内にとって悲しく淋しい。まして自死なら、なおさら語り尽くせない。誰でも生まれた時から死へ向かって歩く。人は遅いか早いかの差でいつか最愛の人と遠永《とわ》の別れをする。金持ちも貧しき人々も差別なく。

平成二十年（二〇〇八年）六月、私の生命保険は無効になる。七月に死が突然訪れても、子供には一円の金も入らず、ただの紙切れになるのである。我が子が生まれた昭和四十七年（一九七二年）一月から我が身に掛けてきた多額の保険。年を重ねれば差こそあれ、日一日と老いが進み病も発症するだろう。甥Sの件で基礎疾患に加え新たに過喚気症候群になり、仕事もままならず、もし寝たきりになれば……あの人の大切な子に迷惑がかかる。私自身、認知症になるのも耐えられない。

あれこれを考えると、前に進むことも止むこともできない今、負の連鎖が頭をよぎる。

父の闘病と死

昭和五十九年（一九八四年）八月三十一日付で虎ノ門のカラオケスナック「117」の店舗を明け渡す条件で二六〇〇万円を父からいただき、急だったが赤坂五丁目の赤坂通りに面した九階建てのビルの一階奥に、譲渡権利付きで同様の店を開店した。

立ち退き時にリウさんの助言で父が、「泰子は強い娘！　一人で生きな！」と親子の縁も切られ天涯孤独に。

時々、虎ノ門の歯科へ通院すると、父が練馬区光が丘に二五〇〇万でマンションを購入したことを風の噂で聞いた。バブル景気の始まる少し前に父は虎ノ門の土地を森ビルに売却、バブルの恩恵にはあずからなかったが九桁以上で売れたことを耳にした。

子は何度も友達と光が丘に遊びに行ったが、私が一度も顔を出さないうちに父は老人性認知症になった。

年月は流れ、平成三年（一九九一年）正月六日の午前三時に、突然リウさんから電話があった。

「私、誰だか分かる？」

「ママでしょう！」

「今、家から電話しているけど、お父さんが暮れの二十九日に救急車で光が丘総合病院に入院したの！　二、三日前から譫言《うわごと》で『泰子！　K！』とあなたたち親子の名前を呼んで、このまま死んだら気が重いので知らせたの！　入院して二週間、検査をするだけで結果を聞いても、『大丈夫、死にません！』と医者は答えるだけ。主治医は二週間で二度の回診に来ただけで心細いの！　泰子！助けて！」

「朝六時になったら東大病院のO先生のご自宅へ電話をかけて、O先生と一緒にお父さんの所に行くから安心して待っててネ」

養母からの受話器を置き、夜の明けるのを待つ。まだ四時、まだ五時と、なかなか時計の針が進まない……。やっと六時になりO先生のご自宅へお電話すると、奥さまが「少し前に家を出たので七時には東大病院へ着くはず」とおっしゃった。七時になって東大病院へ電話をするもつながらず、再度、ご自宅へ電話。奥さまがポケベルで連絡してくださって、やっと先生と話ができたが、八時に教授会、九時から医学部の生徒の講義、午後一時から大学病院での外来患者の診察、四時に打ち合わせとスケジュールはいっぱいで、ママの頼みでも難しいと断られた。

何が何でも父の病室に先生をお連れしなくては！　と心が焦った。

夜明け前に聞いたリウさんの「泰子！　助けて！」の声が私の背中を押す。私は最後の切り札を使った。当時は許されても令和の今は週刊誌に書き立てられて、O先生や間に入った人たちに迷惑がかかるからここには書けないが、難関を突破してどうにか一緒に光が丘病院に行くことができた。

しかし、父は娘を自分の妹と間違える始末。息も荒々しく、見る影もなくベッドに横たわっていた。

O先生が担当医師に名刺を渡してくださったおかげで、翌日から父の病室に主治医が毎日回診するようになった。寝たきりでは脳細胞に血液の流れが悪く、認知症がどんどん進んでいく。そのため、毎朝十時には父の身体を動かす訓練を始めた。その甲斐あって一日一日と回復に向かい元気になり、退院できた。

その日、リウさんから電話が入り、

「偉い先生を知っていて直接先生が頼んでくださったおかげで、医者の変わりようったらなかった。雲泥の差だわ！」

と言って喜んだ。

リウさんの気持ちは理解できるが医師も人間、患者の多さ、その比重で手も回らないのだろう。一人一人の患者に目いっぱいの治療を続けたら、医師自身が肉体的、精神的に負荷を受けてしまう。それらを考えると当時の文部省、厚生省サイドで解決すべき問題で、ただ私個人としては、父が元気になってほしいその一念で人脈を使ったまでだ。

認知症と言っても軽く、たまに食事が済んですぐ「食事はまだ？」と言う程度で、リウさんと仲睦まじく光が丘で暮らしていた。

退院から数ヶ月後に認知症の専門病院に入院させたいとリウさんからの依頼があり、O先生に頼んでみたが、病状は軽いし、患者はなるべく家族と暮らすのが良いというO先生のアドバイスを受け、リウさんも納得して入院はとりやめた。

父の病は一進一退で、そんな中、リウさんが手を骨折し、一人では父の面倒を見るのも困難になって、川崎市に住む三兄の所に移り住むことになった。

表面的には親思いの三兄に映るが、本心では光が丘のマンションを五〇〇〇万円で売りたい、虎ノ門の土地売却代、併せて九桁のお金が目的だったのだ。私が五年間、一度も光が丘に顔を出さないその間に、夫婦して代わる代わる借金を重ね、もう借金できる理由がなくなった時、父に甘い言葉で自分が面倒を見ると持ちかけ、三兄夫婦の罠《わな》に父は見事に填《は》められた。

三兄の川崎のマンションに行って驚いたのは、部屋中に差し押さえの〝赤紙〟が貼られ、数年分の滞納家賃と管理費の支払いに加えて、すべての借金の清算が突きつけられていた。

夫婦して地方公務員なのに理解に苦しんだ。私の子を一歳から十一ヶ月間預けた時も、毎月二十万円を支払った。それらも税金としては支払わず何に使ったのか？　二人の子を有名私立大学に通わせ、そこへ流れたのか？

当時、地方公務員の給与は民間の八割ほどの時代だったが、それにしても多額な金である。私と父、リウさんの仲がせっかく解け始めた時期なのに、こういう裏切りによってまたも縁遠くなってしまった。

その間、三兄と私の間では川崎の□□社長が原因の「出資預託金返還請求事件」（先述）が大きな溝をつくった。裁判では私が勝訴し、三兄は法廷で嘘の証言をした手前、兄妹としての関係が悪くなった。

私自身、その頃、二年八ヶ月間働いていた店をバブル崩壊の煽《あお》りでクビになったり、いろいろなことが重なって、生きるために父の様子も分からずに暮らしていた。四方八方で忙しくしていた平成六年（一九九四年）、亡き母と妹、奇しくも同じ日となった我が子の父親の命日に、例年のように戸塚の菩提寺へ墓参りに行った。

年末から体調が悪くて寝ていた夕方四時頃に、三兄より何年かぶりに電話があり、「父が川崎市多摩区にある病院に、昨年暮れに救急で入院している」と知らせてきた。朝から晴れ渡り爽やかな天気だったが、心は裏腹、子の運転で病院に向かった。

救急病棟の大部屋の一角に、父が痩せ細った体を横たえて目を瞑《つむ》っていた。父の姿を見るのは光が丘病院以来三年ぶりだったが、息も絶え絶えで、ベッドの下の小水の袋には管を伝って血が流れていた。私は大声で、「お父さん！　誰か分かる?」と言うと、父は薄く目を開け「ウン!?　分かるよ！　やっ子だろう……入れ歯が痛い！　寒い！」と力なく呟くのだった。

私は看護師さんを呼び毛布を掛けてもらい、父のベッド脇に立ち竦《すく》んでいた。時折、父は思い出したように「お母ちゃんがすぐに戻るから帰らないで！」と引き止めてきたが、それが父との最後の会話になるとも思わずに、一時間くらいで病室を後にした。

父の容体を医師に聞くが、担当医が三人もいるので、「正月が過ぎれば退院できる」と言うばかりではっきりと病状も分からず、私は正月が明けたら東大のO先生に助言をいただこうと思った。

一月十五日土曜日、朝六時にリウさんより危篤の知らせがあり、息子に運転させて病院へ向かった。集中治療室では大勢の医師に囲まれた父が救命処置を受けていた。が、心電図が淋《さび》しげに細長く父の頭上で青い線を描いていた。

九時半過ぎ、医師の一人が、

「朝の五時と七時の二度、心臓に強心剤を打ったので、もうこれ以上は打てません」

と言葉少なに言った。リウさんが、

「お父さんを機械で生かすのは嫌だ！　可哀想なので脈がなくなったら……やすらかに眠らせたい……」

と言うので、私はリウさんの意思を医師に告げた。

すべての救命装置は外され、平成六年（一九九四年）一月十五日午前十時に父は静かに昇天した。

私の背後で長兄の妻がひときわ大声で泣いた。その声を背に、父の注射針の痕も痛ましい紫色に堅く膨れ上がった左右の腕を撫《な》でながら「オトウサン……」と呼ぶと、返事をするかのように父の右目からひと筋の涙が流れ、その涙を私は愛《いと》おしむように指で拭き取った。

父、静雄は三月八日の誕生日を前にして、八十七歳の生涯を全うした。

父の一生も決して平坦な道程ではなかった。親に最後まで迷惑をかけたのは私で、六人の孫の中でも私の子を一番気にかけてくれた。孫の行く末の人生を心配し、父親代わりになり、三兄宅へ一年近く預けた時も、必ず一ヶ月に一度は一緒に子に会いに行ってくれた。幼稚園にも、小学校にも、中学校にも、子のいる所には出かけていって、陰になり日向になって、いつもそばで見守ってくれた。

一月二十四日、父とお別れの時、寝棺の中に幼い頃の子と私と三人で上野動物園で写した写真を、そっと入れた。合掌。

X氏への手紙

今回の二泊三日の行程に対して、主催者で顔見知りのX氏に手紙を手渡した。物見遊山の旅なら許されることでも、この札所巡りは対応が最低で、いくら『般若心経』の「空」の心を持っても、現場の事実をトップが把握しなければと思い、苦渋の気持ちで書いたのであった。

＊　＊　＊

平成十六年（二〇〇四年）四月六日から八日まで、西国札所の二回目、第十番、三室戸寺から第二十三番、勝尾寺を巡る旅に東京駅八州口に集合し、東京駅発八時三十六分ひかり十三号にて京都駅に十一時二十分に着きました。

迎えの奈良交通バスに四十三名が乗り、ドライバーの挨拶のあと、東京から私たちを先導してくれたTDのQさんの挨拶がありました。

「おはようございます。昨日、三十八度九分の熱があり、今朝は七度八分に下がりましたが、声が出ず、少しだけガラガラ声が出るだけです」と。咳《せ》き込みがひどく、うつると嫌と思いました。

まず番外の元慶寺へ四十三名のお客がお参りを済ませましたが、バスの中で二十分以上も待たされました。掛け軸が手作りで、お寺さんは朱印が押せないと言い、巡礼者の方はどうしてもと言って押し問答。

昼食後、六波羅密寺、清水寺と回り、今熊野観音へバスで移動中、ＴＤがお寺さんにケータイで閉門時間を聞くと十七時と言われ、ぎりぎり数分前に着きましたが、駐車場からお寺さんまでたどり着けそうもありませんでした。すると先達の住職は、ＴＤがヘロヘロ、もう一人のＴＤは新人なので、いきなり私の子供に四十三名分の納経帳を持って全力で走っていくよう命令したのです。

私は心の中で叫びました。『子供も十三万も支払った客だよ。彼は足の悪い私をサポートするために、私の重いショルダーバッグ（二キログラム）を持つために来たのよ!!』と。

一回目の霊場巡りの時は二十名で納経帳もさほど重くなく、私をケアしてくれる仲間もいたし、先達の住職も気を遣って家族的でした。しかし、今回の四十三名分は彼一人が持つには重すぎるし、数分で寺までダッシュしなければならないのです。『般若心経』の『こだわらない心、とらわれない心』と薬師寺の高僧に教えていただいたありがたい言葉をもってしても、私の心を静めることはできなかったのです。子供は三日分の仕事を一睡もせずパソコンに入力し、体調も決して良くなかったのですが、親の三日間の荷物を持たなければと私のために来たのです。

子供は優しいので「ＮＯ」とは言えず、全力で走りました。おかげで何とかセーフで、お参りもできました。しかし誰一人として子供に「ありがとう、君のおかげで助ったよ!!」などと言う人はおらず、先達の住職もそれが当たり前のような顔をしていました。一ヶ寺を残し、その後、京都東急ホテルに着きましたが、朝から波乱続きで、明日が心配でした。

朝五時半にモーニングコールで起きると、子供は疲れきっているので起こすのが可哀想で、もう少し寝かせてあげようと思い、朝食のために六時半に一人で「たん熊」へ行きました。もう二十名ぐらいがいて、桜見物のお客と重なってホテルも満室のようでした。子供は一回目の時のように食堂に行けばすぐ食事ができると思い込み、七時に来たのですが、三十名ほどの列ができていました。中に私がいるのに列に遠慮して入ってきません。列は前に進まず、八時出発なので結局朝食抜き。ほかにも七、八名の方が、「たん熊」の方に八時過ぎないとテーブルに着けないと言われ、朝食を食べられずに不機嫌な顔でバスに乗り込んでいました。ＴＤのＱさんはリタイヤで、大阪より代理のＴＤが来ていました。

六角堂、三室戸寺と回りましたが、三室戸寺でまた先達の住職に言われて子供が見張りに立たされました。大阪から来たＴＤにさせればいいのに、何故子供を自分の手足のように使うのでしょうか。私は彼がそばで手を引いてくれないと歩けないのですよ!?　昨日、東京駅で五〇〇〇円もお布施をしたことが悔やまれました。

三室戸寺でお参りが済むと、タクシーに分乗して上醍醐寺へ向かいました。ドライバーさんは私の足を気遣ってくださり、ほかのお客さまも無事にお参りができるよう御本堂まで来てくださいました。右股関節機能全廃の私には、筆舌に尽くし難い苦難の道のりでしたが、途中、私よりも歩けなくなる方々も数多くおられ、修行、巡礼の道とは申せ難所中の難所でした。

お参りが済むとタクシーでバスの駐車場へ戻るのですが、降りた三室戸寺ではなく別の場所へ。TDがタクシー五台のドライバーに伝達しなかったために私たち二十余名は迷子になり、ドライバーが仲間に居場所を聞こうとケータイで電話をするのですが、山中で圏外なのでつながりません。ダム湖までぐるぐる回り、やっと笠取と分かり、ほかの方々と合流ができたのです。

その駐車場で、待たされた二十余名のオバサンに「きちんと待ち合わせ場所を伝えなさい！」と大声でどなられ、TDの新人さんもキレて、同じように大声で「私は言いました！」とどなり返す始末。これで巡礼なのか？　何かおかしな雰囲気です。思えば新人TDさんも可哀想、ベテランの先輩がリタイヤし、大阪から助けに来た男性は他人事のように見て見ぬふりで、系列会社なのに何のために来たんだよ!!　と心の中で呟いていた私です。次の岩間寺へ移動中、バスの中で新人さんはずっと大きな声で泣きじゃくり、可哀想を通り越し『プロでしょう!!　泣くな』と心がイライラしてきましたが、口にはしませんでした。

岩間寺に着き、お参り前に昼食となりました。子供と七、八名の方は朝食抜きで、さぞ待ち遠しかったことでしょう。しかし待望の食事は、竹の子飯のご飯が「芯がある」を通り越し、「生米」でした。子供はひと口食して食べられず、空腹をこらえたのです。

ほかの人は芯が歯にはさまると言いつつも、山中なので今食べないと夜まで空腹に耐えられないと思ったのか、ぶつぶつ言いながら食べておりました。その件を先達の住職に言うと、配膳がそのままでしたのでひと口食べてから責任者を呼んで食べさせると、責任者も「ホンマに生ですワ、よう食べられません」と……。それなら壁に「うどん五〇〇円」と張り紙がしてあるんだから、代替で作ったらと思いましたが、子供が何も言うなと私に言うので黙っていました。お寺さんの境内にある食堂、山中に一軒だけの食堂、札所巡りの者は観音様と一緒にお参りをさせていただいているので文句も言わないからと見縊《みくび》って、ばかにしているとしか思えません。結局、その日子供が食べたのは三井寺のお参り後、駐車場の屋台で買ったメロンパンだけでした。三井寺のお参りが済み東急ホテルへ戻りましたが、夕食後、子供は京都の知人の家へ、私はマッサージを受けて明日にそなえ早くベッドにもぐり込んだのです。

最終日、子供と六時半に朝食の「たん熊」へ。八時出発で、行願寺、善嶺寺、穴太寺、勝尾寺と回り、お寺の中にある食事処で昼食をとりました。窓の外には『花の寺』らしく美しい花が咲いており、やっと心が癒やされました。

総持寺が最後で、お参りが終わったのが十五時半です。私は逆算し、総持寺から伊丹へは一時間くらいですが、京都なら三十分で着くので、ごみごみした空港で三時間以上もウロウロ待つ間に家に着くと考えました。

この二泊三日で身心ともに疲れきっているので、新幹線の代金二人分は痛いけれど、早く家に戻ってリラックスしたいので、総持寺で四十一名の方と別れてバスを降りました。タクシーを呼んで、摂津富田駅のみどりの窓口で十七時六分発「のぞみ七号」の切符を買い、家には予定どおり十九時四十五分に無事に着きました。

私の勘は的中しました。ほかの方々は伊丹空港で三時間も待たされたあげく、二十時発の飛行機が羽田~大阪間の官制塔のトラブルで四十分以上も遅れが出たと、ひと足早く家に着いた私はＮＨＫの十九時四十五分のニュースで知ったのでした。

お参りの時、立川から来た人が「羽田に二十一時過ぎに着いたとして、モノレール、東京駅、中央線と乗り継いで、家には午前さまになるワ」と言っていましたが、あの立川から参加した方は接続の電車に乗れたかなと心配しました。

このたびの札所巡りの企画を考えた方、もう少しお参りする者の身になってください。

巡礼者は高齢者が多く、お参りが終われば一刻も早く家に帰りたいはずです。新幹線なら夜八時か、遅くとも九時には東京駅に着くはずです。伊丹空港に三時間も足止めはひどすぎます。

卯月十六日

平之内泰子

父と娘の実用新案

亡き父が昭和二十九年（一九五四年）に実用新案『むつみ衛生雑巾』を登録し取得した特許に、私も挑戦することにした。

今の私には自分の置かれた環境に絶望している暇はなく、目に見えない力に突き動かされ、緑寿を過ぎ古希を前にした人生の最終章に何かを成し遂げたいと思った。自分の手で今日を生き、無念を残さないためにも、まだまだこの世にやり残したことが山ほどある。

夢を実現するにはお金が必要である。そのための実用新案提出の書類の作成だが、それを書き出す規則が何ひとつ分からない。子供がパソコンで検索しコピーをしてくれたが、これが難解で、聞き慣れない役所言葉ばかり。

「実用新案を取得するためには『実用新案登録願』及び権利を取りたい技術内容を詳しく記載した『明細書』『実用新案登録請求の範囲』『図面』『要約書』を特許庁に出願する必要がある。用紙はA４で字の太さ十ミリ～十二ミリ。また、行の間のあけ方、書類名の明細書にいたっては、技術分野、背景技術、考案開示、考案が解決しようとする課題、課題を解決するための手段、考案の効果、考案を実施するための最良の形態、実施例、産業上の利用可能性、図面の簡単な説明、符号の説明……」

と難しい。

六十七歳の四月六日から二泊三日で二回目の西国霊場札所巡りを終え、秋に三回目の遍路に行けば日本百観音霊場の満願達成となるが、今はその旅費代を実用新案登録願の提出に使うことにした。

頭の中にある物件を表現できないので、大雨の中、特許庁の二階にある閲覧室へ行った。

一一〇台のパソコンの前に人影はほとんどなく、手持ち無沙汰の係員が懇切丁寧に教えてくれたのだ。

私の考案が過去にあるか検索するが、幼児衣服だけで一〇〇〇件近くあり、枚数にして三〇〇〇枚にもなる。私はパソコンのキーを懸命に押す。左右交互の手でやっても、手首が痛くなる。それでも「やるしかない」と気を取り直し、キーを押し続けた。

類似物件はその場でコピーした。しかし一朝一夕で新案を考え達成できるわけがない。実用新案登録願は私にとって難しすぎるが、それによって躍動感が得られ、今日を一生懸命に生きる源となる。

試行錯誤したが、七月十二日にやっと何とか提出ができた。だが二ヶ月後に補正指令書が届き、読み直すと、書いた本人が分からないほど支離滅裂である。やむなく没にした。

二物件目に入る前に、閲覧室で係員に荒物の検索の仕方を教えてもらい、キーを押すとまたまた莫大《ばくだい》な数量。昭和三十年（一九五五年）以前に設定してキーを回すと、そこに父の名前があった。

父は十二年前に死去し、この世にはいない。しかし父の業績は脈々と続いており、私は身体の奥深くから震えがきて、熱い血潮が胸に迫ったのである。

虎は死して皮を残すという。来年一月十五日が父の十三回忌であるが、パソコンの中に父は生きていた。

その晩、何年かぶりで父の夢を見た。父は無言で笑っていた。

明治・大正・昭和・平成と四つの時代を生きた父の足音を聞きながら、一歩でも前進し父に追いつかなければと決意を新たにした。

当時、父は大病後、呂律が回らず話しもまともにできなかったが、麻痺した手と足をものともせず『むつみ衛生雑巾』を考案し、ガラボウを岡崎の工場に特注、製品化は授産所に頼み、得意先に公官庁・新聞社・ＮＨＫ・学校と幅広く顧客を持ち、実用新案登録取得・商品化・販売の三つを一人でこなして兄妹を育ててくれた。それに比べ、私は実用新案取得後は、その権利を買ってくれる企業を探さねばならないのだ。

取得には半年はかかる。その間に二物件を続けて提出する。一物件を提出するのに特許印紙代四万数千円と、枚数により異なるが電子化料金八〇〇〇円前後が必要だ。財団法人工業所有権電子情報化センターから振り込み用紙が来て、支払いが済むと整理番号が書き込まれた受領証が届いた。

それから三ヶ月が過ぎる頃、手続補正指令証が来た。再度提出し、やっと平成十七年（二〇〇五年）三月三十日付で、小川洋特許庁長官から待望の登録願証が届いた。嬉しくて涙がとめどなく流れた。父のお位牌《いはい》に報告し、見守ってくれるよう頼む。

その『幼児砂場用衣服』の権利を企業へ売り込むために、デパートの子供服売場でタグを調べるのが私の仕事である。各企業に資料を送る了承を取り、山口県、大阪市、都内と送り続けたが良い返事は来ず、落ち込む心を元気にするために四月十九日、特許庁へ四物件目の『ポカポカヌクヌク毛布』の考案を提出した。登録の特許印紙も半額になり、権利の年数も六年から十年と四月一日付より変わって、考案者にはありがたい。

知人が言っていた。

「この新案が一番身近に使えるわ。友達は冬になると湯たんぽを入れても布団が暖かくならず、使い捨てカイロだと低温やけどをするし、夜中に何度も起きると、そのたびに布団の暖かさが逃げてぐっすり眠れないと困っていたのよ!!」

彼女のこの言葉に勇気が湧く。北国の方、寒冷地の人々が喜んで使用してくれれば、考案者としてこんな生き甲斐はほかにない。私は一日も早く実用新案登録願が公報に載るのを期待した。

五月の連休が終わる頃、西は広島県、大阪市、東北の宮城県と、全国各地から特許庁の名前と紛らわしい社名で「おめでとうございます。平之内泰子様の『幼児砂場用衣服』が特許庁の公開広報に掲載されました。つきましては当会社で権利の売り込みをさせてください。なお、同封の払い込み用紙に四万円を振り込んでください」と、二万円から十万円まで二十通の依頼の手紙が届いたのだった。

振り込み詐欺とまでは言わないが、特許庁の名前と紛らしい名前での代理の申し込み。私には依頼代金を払ってまで頼む気はない。毎日、時間は有り余るほどあるのだから……。

認知症

私鉄の某駅よりタクシーで十分ぐらいの高台に特別養護老人ホームがある。

一ヶ月前に、養子に行った三兄から何年かぶりに電話があった。

「うちの婆さん、夜中に家中の電気をつけて〝大切な品物が盗まれた！　貯金通帳もない！〟と騒いで、妻を泥棒扱いするから妻が泣くんだ。それに朝夕となく救急車を五十回近く呼んで、救急隊員も会社に対処の電話をかけてくるんだよ。近所迷惑なのでホームに入れた」

私が「お見舞いに行く」と言うと、その言葉に重ね、「行っても睨まれて嫌な思いをするのがおち」と、ぶっきら棒に投げ捨てるように話す三兄。

私は二年以上も三兄の養母の声すら聞いておらず、顔を見て元気づけようと、「貴女はどちらさま？」と言われるのを覚悟で息子と秋の日の午後に出かけた。

ホームには季節の花々が咲き、一階から三階の踊場には生花が飾られていて、私の老人ホームのイメージーを一掃した。

一階の窓口で手渡されたカード式の鍵をドアに差し込むと扉が開く。老人が自由勝手に外出しないようにするためである。ちょうどおやつ時で、広間に全員が集まっており、養母の姿を探すと養母のほうから手を大きく挙げ、ニコニコと迎えてくれた。お見舞いの花束を渡すと顔を花につけ、嬉しそうに言った。

「綺麗ネ！　バラは一番好きなの！」

それから息子に向かって「彼女は元気!?　結婚はまだなの？　大きくなったネ！」と。三十二歳の息子が二歳頃まで遡って見えるのか？　息子は養母の言葉に逆らわず相槌《あいづち》を打っている。

突然の来訪がよほど嬉しかったのだろう、目の輝きがほかの誰とも違っていた。

私は「バラの花が何本ある？」と聞いた。

養母は「七本でしょう？　霞草《かすみそう》も綺麗」と答える。

会話だけでは認知症とは理解しがたい。しかし、養母の頭の中は消されつつある。頭の中の引き出しに、昔の懐かしい記憶の引き出しが数多くあり、消えかかったり現れたり、その時々の体調の変化で異なるのか？　二時間近く滞在したが、見る限りでは認知症とは思えなかった。

三兄が何を考えて知らせたのか解釈できない。昔から嘘の多い人で、話し半分でと思った。養母は突然、涙声で「泰子は可哀想。よく一人で子供を育てたネ」と、白寿に近い養母に反対に慰められた。

しかし、目をほかの人に向けると異様な雰囲気がしてきた。自動人形のように無表情でノソリ、ノソリと歩く人。大声で喚く人。私たちの席に割り込み、身の上話をとめどなく話す老女。テーブルのおやつを食せず虚ろな眼差しをこちらに向けてブツブツと独り言を話す人。

若い職員が五名で、自力で食べられない人に食べさせている。あっちこっちと面倒を見る職員は、見る限り一応はやさしいが……。

やはり、お年寄りは家族の中にあってこそだと思う。確かに衣食住は保障されているが、本当に個々の人権は尊重されているのだろうか？　見渡したところ、生き生きと喜びに満ちた方やつらそうな方もいない。みんな自分の身を持て余している。

ひと昔前の日本の良き大家族を思う。老人は長老となって、その豊かな経験を家族や一族に伝える。縁の下の力持ちとして一族の無事と幸福を祈り、大黒柱となって支えてきた方々。

恐らく現代ほど人間の存在が尊重されない時代はないと思う。それは思いやりが薄くなり、一方的に機能でしか評価をしなくなったから？　安ければ良い、早ければ良い、便利ならば良い、頭さえ良ければ……等々、あまりにも機能的な考えだけで突っ走りすぎてしまったのか。

そう遠くない日に、私にもやがて来るであろう認知症。それにどう対処し、向き合って生きる？　今ある私を重ね、胸が痛む一日であった。

生死をさまよう

大本山永平寺さんの『修證義』の第五章、「行持報恩」の中に、

〃光陰は矢《や》よりも迅《すみや》かなり
身命《しんめい》は露《つゆ》よりも脆《もろ》し
何《いず》れの善巧《ぜんぎょう》方便ありてか
過ぎにし一日を復《ふたた》び還《かえ》し得《え》たる、
徒《いたづ》らに百歳生《い》けらんは恨むべき日月《じつげつ》なり、
悲しむべき形骸《けいがい》なり、
設《たと》い百歳の日月は聲色《しょうしき》の奴婢《ぬび》と馳走《ちそう》すとも
其中一日の行持《ぎょうじ》を行取《ぎょうしゅ》せば
一生の百歳を行取するのみに非《あら》ず……〃

と記してある。

そして、
『災難に逢う時節には災難に逢うがよく候、
死ぬる時節には死ぬがよく候、

是はこれ災難をのがれる妙法にて候』
曹洞宗僧侶、良質の言葉である。

幾たび逆境を経験したか。

生きること、働くことに行き詰まり、そのつど私の心の中の亡き母の魂が、生きる方向へ無意識に導いてくれた。

生きる苦しさ、つらさ、悲しさ、尽きぬ煩悩に寄り添ってくれた。私自身が弱さの渦に飲み込まれそうな時、いつも耳元で勇気づけてくれた忘き母の魂。七十六歳時の壮絶な生と死のはざま、スッポンポンの身にエアコンのない中、八十余時間、私を守ってくれた母の魂の凄さ……。

思えば還暦を過ぎた頃、何の楽しみもなく、私は人生を半分諦めて、だらだらと大福を食し続けていた。

半年も過ぎた頃、体重は十三キロ増し、ある日、息子の「あ！　トドが寝ている」の大声で目が点に。住居近くの代官山アドレス地下プールへ毎日、照る日、曇る日、また風雨の中、一日も休まず三〇〇日を通い、元の体型よりもスリムに！

しかし知らぬは本人のみ。肉体の中では、じわじわ不適切な生活、生きることへのストレスが蓄積して、やがて脂質異常、脳梗塞へと……。

十年前の二月六日から三日三晩、外出中の子に発見されるまで筆舌に尽くし難い悪夢、落胆、絶望の淵《ふち》を呻吟《さまよ》っていた。

九年という長い年月を経た今もその喪失感が消えず、いっそう深まっていく心。入浴は明るいうちに、携帯はビニール袋に入れ浴室にも。いつでもSOSが発信できるよう肌身離さず持っている。

平成二十五年（二〇一三年）十月二十九日、長年にわたり通院中の病院で血液検査の結果〝脂質異常症（高脂血症）と診断され、「プラバスタチンNa塩錠〝ダナベ〟」を処方された。薬剤師から、「副作用で筋肉が痛くなったり、手足に力が入らなくなったり、尿の色が濃くなったりする（赤褐色になる）ことがあります」と説明書きをいただいた。

それらを頭に入れ、四ヶ月間、毎日飲み続けたそれが後々《のちのち》に何の前ぶれもなく突然、私を絶望の淵に突き落としたのだ。

『新谷健康法』で「即効性のある薬ほど毒性が強い」と読んだ覚えがあるが、まさかその薬の副作用で絶体絶命の悲痛、八十余時間の想像を絶する生命への負荷、極限の苦しみが待っていようとは思わなかった、当時七十六歳の私。

その年、平成二十六年（二〇一四年）の二月六日は、二月に入り低気圧と寒冷前線で北風が舞う寒々とした日だった。

終《つい》の住み処である集合住宅の新年度役員を決める集まりが一階集会所であったが、私は昨年十月の高脂血症に加え体調も悪く、不参加と決めていた。だが、三階の二十二世帯が集まりブロック長を決める一年に一度の集会なので、意を決めておぼつかない足を容赦ない北風に煽られながら一歩一歩階段の手摺に身を寄せ、障害四級の足を庇いながら老いの身に鞭打って、やっと参加した。

会議は数分後、発言力の強い二人のひと言で終わった。

「平之内さんは引っ越して三年目に入るから、ブロック長」と、いわば強引に決められた。

私は必死にできない理由を告げた。

「数十年来の精神疾患、不安症の薬に加え、昨年十月から高脂血症の薬の服用と体調も悪く、月に四、五回も通院で、今日はやっとの思いで参加しました。何とか来年にしてほしいのですが……」

と訴えたが、結局多数決で押しつけられ、心は重くエアコンのない家に帰った。

心身ともに冷えてしまった身を温めようと風呂場へ行き、下洗いをして湯舟に入るべく立ち上がろうとした時、力が抜け、タイルに倒れた。

全身に力が入らず、一瞬、私の身に何が起こったか混乱し、放心状態。いつしか気が失せて、シャワーの音で気が付いたが、周囲から隔絶した浴室である。早く脱出しなくてはと気が焦る。

江戸期の臨済禅宗の高僧、白隠禅師の師匠である道鏡端禅師の言葉を思い出した。

〝一大事と申すは今日只今の心なり、

それを疎《おろそ》かにして翌日あることなし〟

今日の〝只今の心〟、それを見つめることなくして、また、それを疎かにして明日の自分は得ない、と。

〝ひとひと暮らし〟とは、今日は自分の一生の中の一日でなく、今日の一日が自分の一生涯だという生き方をしなければいけない、明日を思ってはいけない、という教え。

この密室の風呂場で何度も何度も意識を失い、その間、私は亡き母の声で目覚め、現実に戻され、〝生きなくては〟と生《せい》にしがみつく。

あと一秒早く浴槽に入っていたら〝溺死〟したであろう。シャワーを切らなかったので全身にお湯が当たり、〝凍死〟も免れた。

『誰か私を救って！』と声なき声で祈る。密室、孤立、孤独感が私を死の恐怖に落とす。いつしか意識が遠のく。

どのくらいの時が過ぎたか分からない。耳元で懐かしい亡き母の声が……。

『泰子！　アナタは強い子、生きるのよ！』と。

しかし私の今の現状で模索しても、どうにも進展はゼロに等しい。

孤立感の中、どうにもならない状況。心はとうに折れ、にっちもさっちもいかない。

考えても理解できない無念。何故？　どうして？　医学に疎い私は考えても原因が思いつかず、ただ呆然、唖然！　苦の連鎖が押し寄せる。

甥の件で強い苦痛、動悸、過呼吸などで一日中ベッドの中で過ごした四十代、あの時の発作が起きるのでは？　心が揺らぎ奈落の底へ。心身は疲弊し迷路を呻吟《さまよ》っている私。

過酷な環境の中、心はどんどん悲観的に、考えても理解できない、無念！　何故？　どうして⁉

筋肉が一ミリも動かず医学に疎い私、考えても孤立感の風呂場、どうにもならない状況下、心はとうに折れ絶望の中での負の連鎖〝生〟と〝死〟が交差する。シャワーだけが心身を温めてくれ、やがて深い闇の中に引き込まれ、何度も気が遠くなる。

意識が朦朧《もうろう》とする中、過ぎ去った七十五年の年月がタイムスリップし、次々に蜃気楼となり、現れてはまた現れる。六歳の時、父が遠く中国北京市へ単身赴任、兄と私は父方の祖母宅に預けられ、横浜大空襲に遭遇。野毛山の家はB29の爆撃で焼け出され、遠い親戚を頼り、居候のまた居候？　やがて金沢文庫の海近くに祖母と長男正雄氏が仮のバラックを建て、朝食はそこで、昼食と夕食は近くに住む妹宅へ、野良犬のように食事をもらい歩いた戦時中……。

私の命はこの風呂場で沈むのか？

だが人生に〝もうこれでいい〟という終着点は今の私にはない！

自分の生命力を信じ、必ず生き抜く！

『我、今切にここに生きる』

道元禅師の言葉を何度も何度も繰り返す。

閉鎖的な浴室、この密室の中で忍耐に忍耐を重ね、孤独感と無力感に押し潰されないよう、〝生きる〟を諦めずひたすら知る限りの経文を心の中で唱え続けた。

だが知らず知らず睡魔に誘われ意識は遠のく。数十年、神経科へ通院中、この三、四年、少しずつセルシンの安定剤も常用しなくなり、外出時のお守り薬として持っていたが、この状況の中、過換気症候群、自律神経失調症などが顔を出してくる。

七十六歳になったばかりの私、ここでENDは魂が納得せず、成仏できない。

六十代後半、生きる意欲が薄れ惰性に流された日々、薬師寺東京別院にてお写経に没頭して一〇八巻を奉納し、薬師瑠璃光如来様の前で、当時、東京別院執事の大谷徹奘さんに肩輪袈裟を掛けていただきツーショット。写真を見るたびに、あの時、私は新生したと感じた。

しかし今この瞬間、〝死〟への恐れが時間とともに雪だるま式に心身を締めつけ、昔の過換気症候群が頭を持ち上げ息苦しさが加わり、徐々に放心状態に。

どのくらいの時が過ぎたか分からない。耳元で！　遠い遠い昔の懐かしい母の声が、『泰子、眠っては駄目、ベッドへ戻ることを……』とおぼろげながら聞こえてきた。

その声に後押しされ、再び『般若心経』を心の中で必死に唱えた。

「必死」とは「必ず死ぬ」と書く。つまり生きるということは必ず死ぬことだから、懸命に、必死に生きなくてはならないということ。私の命はここで沈むの？

人間はいつ死ぬか分からない。あっ！　という間に。でも今、スッポンポンの身で沈むわけにはいかない！　私は〝生きる〟に執着する。

私の人生を、ここで終わらせたくない。波打つ気持ちを整えるが、弱くなる心の隙間から死の足音が忍び寄る。何の病気か分からないが、この病魔を粉砕、一掃すべく、神仏に藁にも縋る一念でお経に集中するが、弱い心が顔を出し、『克服できるの？』と、厳しい現実の中を漂う。

〝人間は暗い影をもっている存在である。その何処《いずこ》より来て何処に去るかは知らない〟

〝この世のことには無知で、彼自身のことには蒙昧《もうまい》である〟

ゲーテの言葉。朦朧の中、何故かこの言葉が！

〝生〟と〝死〟のはざまで、どっちに行くのか心の奥底で迷路を呻吟《さまよ》っているのか？

またしても意識が遠く。再びかすかに母の声。

『しっかりするのよ！　今すぐ扉へ進まないとここで終わりよ』

不思議だ、誰もいないこの空間、シャワーの音の中からはっきり聞こえてきた。

身体を捩《よじ》り這いずり、どうにか扉の近くに。

『お母さん、もう駄目！　扉まであと少しなのに、指が、手が、これ以上動かないの！』

必死に身体を捩り、やっとの思いでここまで来たのに……。

『もう限界、無理、どうにもならないの、助けて』

亡き人に救いを求めれば、母が天国で苦しむことを知っているのに。

『ごめんネ！　お母さん！』

冷静になった私は、道元（曹洞宗開祖）の、

〝我がまことに切に生きる〟

（ぎりぎりのところまで一生懸命になって、今を生きること）

に縋った。繰り返し繰り返し〝我いまここに切に生きる〟と。

母が私の前から突然、姿を消してから、毎日、新聞社に出勤する父を追って回らぬ言葉で〝オトウチャン、行かないで！〟と泣き喚きながらよちよち歩きで追い縋り、涙を流した三歳児。父は私を自転車の前に乗せ、家の周りを二、三周して私を家に入れると一目散で、アッ！　という間に後ろも見ず遠のく。二十一世紀の今なら〝児童虐待〟？　いや、その前に託児所があり夕方まで預けられるが、第二次世界大戦が勃発した年、今の平和な時代とは雲泥の差、父の心も悲しくつらい毎朝、やるせない気持ちでいたと思う。

三歳になったばかりの私は母の死を理解できずに、毎日毎日〝私の母さん何処へ行った〟と大きな声で涙を流し、つけっ放しのラジオから流れる歌を替え歌にして一日中歌い続けていた。追憶の彼方からおぼろげながら再々度現実に返ったのはシャワーの音！

手先を見つめるとかすかに動いた。心の中で不動明王様の御真言、〝のうまくさんまんだ、ばざらだん、せんだん、まかろしゃだ、そわたや、うんたらた、かんまん〟と呟き、これが最後の脱出のチャンスと神経を集中、扉に手の力をかけて押した時、隙間が開いた。身体をいも虫のように扉にねじり入れ、やっと浴室からベッドに続くフローリングへ！ひと呼吸をし、神仏に祈りながら七、八歩で着く部屋へ赤ちゃんのハイハイの半分の速度で、全身を床でねじりねじり、休み休み這い、蹲《うずくま》りながらもベッドの下にやっとたどり着いた。カーテンの向こうは明るく、窓の外から通学中の小学生五、六人の無邪気な声が聞こえてきた。心の中で呟く。『私、浴室に十三時間も！』。

張り詰めた心身に疲労困憊《こんぱい》、強迫性障害が現れたのか、またしても意識は遠のく。ベランダの下には、中央線の東中野駅と山手線高田馬場駅を結ぶバス停があり、一時間に一便、八時二十二分から夕方五時二十二分まで一日十便のバスを待つ人々の声も聞こえてくる。ドライバーの「八時二十二分の高田馬場行きです」という大きな声も風に乗って耳元に！

心身が少し落ち着き、スッポンポンの身に気が付く。ベッドの上の大判の毛布を引っ張ろうとするが、腕が上がらず何度も挑戦しているうちに、次の九時二十二分のバスが来た。その間、何度も救急車のピーポーピーポー！　私を助けに来たのではないと知りつつも、『もしかして！』と妄想を抱く。

数時間、ベッドの上にある厚手の毛布を引っ張り寄せようとするが、現状の力では触れるのがやっと。ここで諦めたら風邪は言うに及ばず、インフルエンザになりかねないと心は乱れる。覚悟を決めて何回も触る。だが、いくら試みても力は入らず、心の中で不動明王様に『助けてください』と真言を唱え続けた。半日も一心不乱に！

すると毛布がずり落ちてきた。身体に毛布を巻き付るのに半日もかかり、やっとぐるぐる巻きに。その時、携帯が鳴った。だが二十センチ上の携帯に手が届かない。携帯は鳴りやみ、固定電話が鳴る。

〝お願い！　切らないで！〟とベルの音に縋る私。

無情に一旦切れた固定電話が、間を置かずに再び鳴る。相手はとよ子さんだと思う！　きっと明日の集会でも出られない。私の異変に気付くこともなく、それ以来、私と外を結ぶ音はなくなり、心は闇に閉ざされ奈落の底へ。

神仏に祈り奇跡を信じ、子の帰りを待つしかない。生き続ける希望、それとも子が帰宅せず死ぬか？　不安が交差する。

この瞬間もピーポーピーポーと、誰かのもとに救急車が。二、三分の所に新宿消防署があり、通り道をピーポーの音が遠のく悲しさ。やるせない心はますます泥沼に落ちて行く。一日中、数えきれないピーポーを耳が追う。頭の中が真っ白なまま悶々《もんもん》とする中、自分の無力さと葛藤を抱え、『生きられるか？　死ぬか？』と闘っている。

やがて二月七日の暗夜が来た。息苦しさとストレスが、時間とともに私を負の連鎖に陥れる。突然、浴室で起きた筋肉の萎え、原因も分からず疑問が新たな不安を呼ぶ。二十五、六年前からの過換気症候群が再発したか、息が苦しく、心が折れないようひと晩中、『般若心経』『観音経』『延命十句観音経』釈迦如来様、多くの如来様、菩薩様、不動明王様の御真言を心の中でがむしゃらに唱え続け、八日の朝を迎えた。

六日の夜七時過ぎから四十余時間、倦怠《けんたい》感が……。絶望の淵から奇跡を信じ、自分の生命力を信じ、生きることを諦めず、我慢の限界を越えた孤独と憔悴《しょうすい》の七十時間。心が破裂寸前だ！

人生には心が崩れてしまうつらいエラーは付き物。ピンチでも生き続けられるかは、強い心でチャンスと捉えるかで展開は大きく変わる。

日に日に細くなっていく〝命の灯火《ともしび》〟、再び夜が訪れる。日夜を問わず夢の中で、過ごした七十六年の足音が。

うつらうつらながら外の世界が耳に伝わる。人生を生きていくには大なり小なりさまざまな苦難があるが、すべての筋肉が一ミリも働かない現実。〝いのち〟の危機に怯《おび》える恐怖の中で、必死に今も、明日も生き延びたいと何重もの苦しみ。今日、八日の夜が生か死かを闘う。

私が助かるただひとつの道は、この十日間近く、友達の所にいる我が子が私の異変に気が付き、家に帰ること！　私のこの苦しみが一秒でも早く届くことを祈るしかない。

ベランダ下のバス停に停車中のドライバーが「高田馬場行き最終です」とアナウンスをしている。今が五時二十二分だと分かった。

自助、共助、公助の時代の今、肝心要《かなめ》の手が、筋肉が動かず、ＳＯＳを発信したくても、救急車に知らせることも医師の診察にさえたどり着けない現実、私に迫る〝否〟の連鎖。早朝から深夜までひっきりなしにピーポーピーポーと救急車のサイレンが鳴り、その音に〝私も助けて！〟と追い縋る。

二十四時以上、一滴の水さえ口にしていないのに、何故か小水が出る。たれ流しだ。人体の五十パーセントから六十パーセントは水分というが、毛布と下半分はビショビショだ。

こんな苦しみの中にいても生を諦めない。忍耐強く子の帰りを待ち続ける。

やっと八日の朝が明るくなってきた。〝死ななかった！〟とほっとする。ひと晩中、救いを求めて祈り続けた。

死者である母克子の魂と、生者である私。昭和十六年（一九四一年）一月三日、お産で妹と共に天に召される一瞬、肉体は炎の中に渦巻き天に昇ったが、私と運命共同体になり、今も共に生きている。

幾度も死の淵から救ってくれた母。私に対するその愛情の深さ。死と直面している恐怖の中、心を乱さずぎりぎりで生きていられるのも、母が守ってくれているから……。

命を維持し、次の生へと紡ぐのだ。人生は、ある意味で不測の事態の連続であり、時には不安との戦いにもなるが、困難はそれに負けない限り、私を強く逞《たくま》しくする。

先の見えない不安と絶望の今、私の人生を諦めるのは嫌だ！　あの人の大切な子を一人ぼっちにできない！　今ここに〝切に生きる〟自由のない肉体、密室の孤立、孤独感に、夜のとばりが恐い！　恐怖に脅える虚しい暗夜。心の隙間に入り込む雑念を払うために、知り得る経文を一心不乱に唱える。

白隠禅師の『坐禅和讃』の中に、

〝闇路に闇路を踏みそえて
いつか生死を離るべき〟

とある。

朦朧とし、息をするのも苦しいが、今の私はあの人の忘れ形見の子を一人残すのは忍びない。不動明王様、釈迦如来様、薬師瑠璃光如来様、日本百観音の多くの観世音菩薩様、神仏様。観音様、『観音経』の中におられる多くの観音妙智力で、私、平之内泰子の命の灯を消さないでください。

眠ったら朝が来ない！　私はひと晩中、経文にしがみついた。

一応は〝生〟に縛られて、生きるを地獄、餓鬼、畜生、修羅という。これ以上病魔に取りつかれないよう〝絶対助かる〟を信じて極限の状況下、二月六日の夜七時過ぎから七日、八日と無情で深刻な今、命は持続可能か。もう意識も絶え絶え、最後の意識を奮い立たせ、神仏に声なき声で祈りを捧げた。

『もう限界です。一秒でも早く子に私の身に迫る危機を知ってほしいです！〝死神との戦いに敗れ酷寒の中、エアコンもなく、床にスッポンポンの身に毛布一枚に包まれて死亡！〟と新聞・テレビで報道されないためにも、私の身に迫る異変に気付いて家に帰ってきてほしいです』

現在の私は〝過去〟も〝未来〟もすべてを手放し、〝今、ここ〟に一秒でも生きながらえるように、還暦を過ぎた頃「日本百観音札所」を子と共に巡った時に自然に身に付いた経文を必死に心の中で唱えることしかできないが、二六二文字の『般若心経』でさえ、今は途切れがちだ。この世に生まれ落ちた時から〝死〟へ向かって生きていると自覚しても、今は死にたくない。

人生には『生老病死苦』はついてまわる。人はいつか皆、等しく死ぬ。生者必滅は避けられないが、たった一度の私の人生、喜び、苦しみ、悲しみに悶え、翻弄された七十六年間……。私の忍耐はどこまで強く持ち続けられるのか。窓の外は救急車の通り道、早朝から深夜までピーポーピーポーと。

『アア！　私の所でなく誰かのもとへ！』

通り過ぎる頭上で、七日の朝から『私の所にも助けに来て』と何度も思い、ピーポーの音を私の耳が追い求めているが、誰一人も気が付かず、知らずに通り過ぎていく。

再び暗夜が来た。息苦しさ、ストレスが、時間とともにさらに私を負の連鎖に陥れる。助かる道はただひとつ。子が家に帰るか、私の携帯に安否の連絡をするか。

一週間も音沙汰がなく焦りが追い討ちをかけ、悶え苦しむ。〝自助、共助、公助〟の時代だが肝心要の手が、筋肉が、ピクとも動かずSOSを発信したくても、救急車を呼ぶことが無に等しい公助の医師に診察を願ってもたどり着けない現実。二十四時間、四十八時間、生命の維持、緊急救援期間の七十二時間はとうに過ぎ、死と隣り合わせの旅。SOSの発信はもとより、何の対策さえできない今、私にできるのは唯一、神仏に縋ることだけ。現実を直視すればギリギリの究極、時々刻々と息苦しい状況に陥ってくる。

冷静さを失い、動揺で生きる心が萎え、心が定まらず〝不安〟〝焦り〟死への恐れで胸が潰れそう！

一体、何の病気？　何の副作用？　と迷い、困難に突然遭遇した我が身。生きとし生けるもの、すべてに課されている命の限りの今、人は、いつか皆、等しく死を迎える。理屈では解っているが、私はこの数日踠き続けている。生と死は表裏一体と……。

江戸期の臨済禅宗、白隠禅師の、

〝我、いま、ここにせつに生きる〟

師の言葉が何回も脳裏に浮かぶ。

闇夜の中、密室の孤立、孤独感の中、この暗いとばりが恐い！　早く夜が明けて……。恐怖に怯え、死を打ち消すために心の中で一晩中、経文に縋る。
その中、母の「頑張れ！」という声が！　七十三年の年月を経ても、子を思い天国からエールを発信してくれている。生きることを諦めかける私を叱咤《しった》激励してくれる。他人は信じるか？　天に召された人の声が！　耳元で聞こえるか？　だが私は確かに聞いた。懐かしい慈愛に満ちた亡き母の優しい声を。苦しみの中に希望の光を見いだし、その先の〝生還〟の喜びへ……。
アメリカ人、キング牧師の言葉。
〝本当の人間の価値は
すべてが上手くいって満足している時でなく
試練に立ち向かい
困難と闘っている時に分かる〟
私の人生に〝もうこれでよい！　ジ・エンド〟の終着駅はまだないはず。抜け落ちていく記憶、混沌《こんとん》とした中で、この七十六年が走馬灯のように通り過ぎる。振り返ってみれば、大したことではないハンデを持ちながら、亡き人の大切な子を育てる中で流した幾筋もの涙、いくつもの溜め息。父、平之内静雄の次男裕が赤ちゃんの時に死亡。その昭和九年（一九三四年）に戸塚高松寺に大きな土地を買い、墓地ができた。
高松寺は臨済禅宗円覚寺派である。

その円覚寺の横田南嶺師と大峯千日回峰行を満行された塩沼亮潤大阿闍梨との対談書がある。『今、ここをどう生きるか』(春秋社)

『笠に落ちる雨音を聞いた時に、
昨日まで流した涙が雨となり
悟れ悟れと励ます雨音
人生において流した涙が川となって
大海原に流れ注ぎ
それが雲となり雨となり
また自分の網代笠に落ちてくる
流した涙が自分を励ましてくれる』

大自然はすべてがつながっている、まさに信の世界なのだ！　この信心が迷いの時の夢の中に何回も出てきた。

この三日三晩、大寒波の中をエアコンもなく、スッポンポンの身に毛布一枚。フローリングからの底冷えで、とうに体温の感覚は失せ、まして水一滴さえ飲めず、私の置かれている現状は〝生と死〟の谷間で踠いているだけ。極限の状態の中、〝生命の選択〟が自身でできなかった。

自身の生命力を信じ、一分一秒を生きぬくために冷静に現実を把握しなければ、無駄に体力が消耗するだけ。

人は誰もが悲しみ苦しみを抱いて生きている。今、孤立、孤独感の中で悲嘆という言葉を使うのは簡単だが、他者の苦悩は一人一人異なっており、病の痛みもその人によって異なる。

二月六日の夜に、いきなり全身の筋肉が萎えて一ミリも動かなくなってから、心が挫け焦燥感の中を何時間、いや、何日漂えば助かる？

死の怖さ。死にたくない！　まだ生きていたい。死の恐怖を拭うため、神仏の神通力に縋るのみ。「悲観及び慈観、常願常瞻仰」と『観音経』を唱えた。

窓の外は雪が降ってきたのか？　小学生の「ア！　雪だ！」の大声で目が覚めた。

死なずに二月九日の朝を迎えられたと思った。この三日三晩、無心で祈り続けた『観音経』の二十五偈の中に、〝念彼観音力〟が十三ヶ所あり、その神通力である「観音妙智力」が生へと導く大雪を降らせ、ＪＲ山手線をストップさせる方向に……。雪よ！　もっと降れ、子が気付くまで。心身がいつまで持ちこたえられるか、外は深々《しんしん》と雪が舞っている。

低体温症になったのか寒さは感じず、七十二時間以上、水一滴、医師が処方した薬さえ飲めず、苦しいのに空腹、喉の渇きさえ感じない。〝人生〟は、ある意味で不測の事態の連続であり、不安との戦いにもなる。生と死の谷間にいる今、この困難は、それに負けない限り心を強くし、激闘の中から必ず抜け出ると自らを励ます〝不可思議な心の力〟があると思った。

しかし限度がある。夕方近くまで昨日と同じように、『延命十句観音経』『般若心経』と多くの経文を唱えるが、次第に力は弱々しくなる。睡魔に負けないよう五感を研ぎ澄ませようと思ってもウトウトして、天上にいる私が床にいる私を見ている夢？　何度も〝生と死〟が交錯し、深い泥沼へ落ちていく。

七十六歳の私、無駄な考えは体力を消耗させると思っても、過去の人生が映写機のように映し出され、その時々を一人で歩き、父を！　母を！　兄を追いかけるが、誰も私に気付かず遠くへ。大声を出してもみんな振り向かず去っていく。

ベランダ下のバス停から「本日の最終、高田馬場行きです」と告げるドライバーの声で我に返る。外は朝からの降雪で大雪に？　我が子にＳＯＳが届くか？

ピーポーピーポーと救急車が素通りするが、縋る気も失せ、最後の力に命を賭して切れ切れに唱える。

〝羯諦《ぎゃーてい》　羯諦　波羅《はーらー》羯諦　波羅《はら》僧《そう》羯諦
菩提《ぼうじ》薩婆訶《そわか》　般若心経《しんぎょう》

と、訳されていない呪文を……。挫ける心を奮い立たせるために……。

二月六日の夜七時過ぎから七日、八日と過ぎて九日の晩を迎えた今、精神は混乱、正気の沙汰とは思えないほど死の恐怖に怯えていた。

数多くの病があるが、それぞれの科の医師の手厚い公助で『死』は私にとって遠いものだった。

平成二十二年（二〇一〇年）にこの集合団地に引っ越してきた時に、白物家電とベッドに子の室内のエアコン等々を設置したが、私の部屋にエアコンを設置する予定はなく、冬は一日中ベッドの中で寒さを凌《しの》ぎながら編物をし、暮らしていた。

生きる目的、楽しみもなく、せっかく購入した冷蔵庫も空っぽで、食事にさえ事欠く毎日だった。

毎朝毎晩に手を合わせる神仏に話す。

「迷いの十字路に足を踏み入れ、自死する勇気もなく、行き場を失い惰性で息をしているだけ」と。

残される子に対して僅かな母の悲しみの愛！　その子も今は大阪に帰る友達の家へ。この十日ほど帰らず、今私はその子に救いの手を求めている。『君しかこの母を助けられない』と。あんなに〝死〟を追い求めていた私なのに、頑張り抜いた意識も絶え絶え、最後の力を振るい神仏に声なき声で祈りを捧げた。

我が子しか私を救えない。生き地獄の中、三日三晩苦しみ悶え、その中で如来、菩薩、不動明王の御真言に支えられてきた。しかし奇跡にも限りがある。絶体絶命が迫る。

その頃、子供は携帯、固定電話にかけても出ないことに不審を感じ、大雪の中、山手線の中にいたが、新大久保でＪＲはストップに！　張り裂ける胸の動悸を抑えながら、積雪の中を歩いて家に向かっていた。

遠く窓明かりを見て〝只事ではない！〟と感じ、焦ったと、回復後にポツリと言った。

家の扉を開け、目に飛び込んできたのは息も絶えそうな母、言葉も出ない親の変わり果てた姿。

私は子の〝ママさん大丈夫!!〟の声がかすかに聞こえると同時に子の顔が薄く見えた途端、八十余時間の不安と恐怖、孤立と孤独感に張り詰めていた緊張の糸がプツンと切れ、涙がとめどなく流れ、安堵して意識が遠のいた。

「通院中の病院がいい！」そう判断した子の機転もあって、偶然にも江東区へ帰る救急車が広尾病院へと向かってくれた。その後、回復した時に子から救急車に搬送された経緯を聞いた。

その時は子も動転していたらしく、すぐ一一九番に電話をしたが、なかなかつながらず、やっと奇跡の一台が遠くから、降り積もった雪を掻き分けやってきたのが見えて安堵したようだったが、隊員が救助に来るその時間が途轍もなく長く感じ、救急車が到着する前に〝ママちゃん〟の命が絶えるかと心配で、一分でも早く到着してと心の中で祈願したという。

救急車には要請した所から三キロと五分以内という決まりがあったから、子が〝母は長年にわたり神経科での薬や、四ヶ月前から脂質異常症の薬も飲み、ほかの病院では検査に時間を費やして命がもたない〟と頼んだという。

一瞬、心の迷いを止めて奥深く漂う。死の深淵を覗き、〝どうすれば生き残れるか〟を模索した。

これらが〝百事如意〟。現実の物事が都合よく展開し、多くの奇跡で命拾いした。

一連の出来事を整理すると以下のようになる。

一、平成二十五年（二〇一三年）十月末日に無料の肺炎球菌ワクチンを接種した。

一、同日、インフルエンザワクチンも接種。

一、浴室において二秒の差で浴槽に入らずに溺死を免れた。

一、シャワーが身体を温め、凍死を防げた。

一、風呂場からベッドへ脱出するため、心が萎えないように神仏に縋り続け、知りうる経文を唱え、観音妙智力に助けられた。

一、三日目の朝、大都市東京に大雪が降り、JR山手線をストップさせた。

一、十日間近くも友達の家にいた子が、何気なく親の安否確認をしたが、携帯、固定電話に出ず、JRもストップ。大雪なのに何か異変がと感じ取り、積雪の中を歩いて家に帰ってきた。

一、子は一一九番に搬送の依頼。新宿消防署は大雪に慣れない怪我人が多く、出払う。

一、当時、都内二十三区で唯一、江東区に一台が奇跡の待機中で、遠く新宿区まで来てくれる。本来なら自宅近くの病院への搬送が慣例だが、私は五十年近く通院中で電子カルテを見れば一目瞭然なので、隊員の咄嗟の判断で帰る途中、広尾病院へ送ってくれた。

一、四ヶ月前の薬の副作用で横紋筋融解症を発症、腎機能を示すクレアチンの数値も通常は一五〇値だが六〇〇〇近くあり、数時間発見が遅れたら腎不全で死亡、助かっても透析とのことだった。

一、当直医が研修生でなく循環器のトップ医師で、クレアチンの数値が正常になるまで寝食を忘れ見守ってくれた。

一、今度の件で分かったことがたくさんある。困難を乗り越える我慢、冷静な対処、耐える心、日々の感謝を忘れない等々。

〝此の一日の身命は尊ぶべき身命なり
貴ぶべき形骸なり
此行持あらん身心、自らも愛すべし
自らも敬うべし〟
（道元禅師の言葉より）

この場をお借りして、御礼申し上げます。

このたびは私、平之内泰子の生命を助けるために、大雪の中を遠く江東区より駆けつけ、隊長の咄嗟の判断で五十年間通院中の病院へ搬送していただき、その夜の当直医の懸命な治療のおかげで、風前のともしびの生命が助かりました。そして今、自分史『弾丸列車』を走らせることができております！　この奇跡を、Z世代の方々や、すべての方々に読んでいただきたいと思うとともに、私はすべての人々に感謝を捧げます。

〝ありがとう、ございました！〟

〃PTSD〃からの回復

PTSDとは、Post Traumatic Stress Disorder の略である。最近よく使われる用語だが、私もこれに苦しんできた。私の実感としては、

一、通常の範囲を超えた心の傷を受けた人が陥る障害。別名〃心的外傷後ストレス障害〃。

一、PTSDに陥った人は、皆共通して過去に受けた時の体験がまた起こるのではという強烈な恐怖心を持っていて、死への恐怖が強い。

一、次から次へとその体験を思い浮かべて、フラシュバックや悪夢、不眠、過度の警戒心がある。

一、想像もしなかった恐ろしい体験により、一瞬のうちに心に傷を負う。

一、長期記憶としてストックされた過去のつらさ、体験があまりにも大きく、行動にブレーキがかかる。

一、神経科より不安症の薬を投与されている。

一、心の問題なので、目に見えないだけに神経科医師しか一〇〇パーセント理解はできず、軽視されがち。

などが挙げられる。しかし、ここまで回復できたこと、広尾病院神経科の先生、感謝しています。

ｔ－ＰＡ療法

私の人生は今を生き抜くことに価値がある。令和の時代は自助、共助、公助の時代！　自分の身を助ける一番の医師は本人である。

病院へ行きたくても身体が動かなくなれば、救急車を呼ぶこともバスやタクシーに乗ることもできず、病院へは行けない。心身に異常を感じたら迷わずすぐ一一九番を呼ぶことだ。「様子を見て明日」では命のＥＮＤになりかねない。私がアテローム血栓性脳梗塞の異変を感じてすぐ行動ができたのは、微妙な身体の動きだった。

平成二十八年（二〇一六年）十二月二十日、小春日和の年の瀬の慌ただしい中だった。朝一番で中野の美容室へカラーをしに行き、帰りにサンロードからブロードウェイの商店街で正月の買物などをした。家路は最寄りの新宿消防署バス停で下車、急勾配の坂道を杖で歩行中、障害四級の右足が前進できず、なぜか右へ右へと引きずられる。いつもと違う異変に気付き、自問自答をしながら五分ほどの道程を倍以上もかかって歩いた。

足を引きずりながら頭をよぎったのは、平成二十六年（二〇一四年）の二月、薬の副作用で三日間生死をさまよったことだ。家に着くなりコートも脱がず病院に電話して、脳外科の予約を明日十時に入れた。ひと安心してコートを脱ぎ、昼食の用意を始めたが、ガスをひねる右手が震え、力が入らない。咄嗟に明日まで身体の維持ができるだろうかと心配になった。

あの時、絶体絶命の危機で苦しみ踠いた私。再び病院の救急外来へ電話し、この二十分ほどの経緯を克明に話すと「十四時までに来てください」との答え。縋る思いで「すぐタクシーで行きます」と、返事もそこそこに数分前に脱いだコートを着た。玄関の扉を閉めて鍵を鍵穴に差し込もうとするが、手が震えて入らない。何度も繰り返すが思うようにいかず、差し迫る危機を感じた私は、病院のIDカード診察券を左手に、携帯から一一九番へSOSを発信した。

二、三分で救急隊員が来た時、すでに私はコンクリートの床に崩れ、話すこともままならず気が遠のく。

左手に持つ通院中のIDカードに気付いた救急隊員が、病院に問い合わせてくれた。「平之内さんなら待っています」の答えに、新宿区から渋谷区の病院へ搬送され、救急隊員の咄嗟の判断で盥回しにされず九死に一生を得たのだった。

ICU（集中治療室）の医師が誰かに大声で〝もう時間がありません、t－PA（注1）を搬入します〟と靄《もや》の中で言っている。私は〝助かった！〟とホッとして再び意識が遠のいた。

何時間が過ぎたか、耳元で医師が「平之内さん、ご家族の方に連絡をしたいのです」と言う声に、朦朧としながら現実に還った。目を開くと両手首に点滴が重く、やっと私のバッグを持つ医師に人差し指を胸の前で立てたが、またすぐに意識は遠のいた。

深夜に息子がICUに入ってきて、私の耳元で「ママさん、大丈夫？」と顔を近づけてきた。私は重い頭を下に動かした。

四日間を一階のＩＣＵで、その後二階のＩＣＵに移り、二十七日に一般病室へ移った。ベランダ側に遠く東京タワーが眩しく見え〝生き返った気持ち〟だった。

しかし同部屋にひと晩中、唸る患者がいた。重病？　そして朝食時に排便する。大部屋なので仕方ない、嫌なら個室に……と思うが予算がない。我慢の二字で耐え忍んだが、限界。鼻が敏感になっていて、何故か食事時にする排尿・排便には神経が耐え難い。明日から正月休みで八日間リハビリもないので、担当医に退院を相談した。

「家のほうが落ち着くならいいです。正月休み明けに診察しますが、火曜日か水曜日、どちらが？」

「どちらでもいいですが、診察は先生にお願いします」

「私は診察室を持っていませんので……」

「では火曜日……」と言いかけて、耳元で母の声が「水曜日」と聞こえ、「水曜日にお願いします」と。

翌平成二十九年（二〇一七年）一月から今も続く先生との出会い。退院時の証明書に病名〝アテローム血栓性脳梗塞〟とあった。脳の比較的太い血管で動脈硬化が進み、血栓ができるらしい。その分、後遺症の程度も重くなりがちだ。あの時、昼間のうちに微妙な身体の変化に気付いて病院に連絡したが、その二十分後に意識はなくなった。夜間に発症していたら、ベッドの中で私の生涯はＦｉｎだった。

退院証明書に〝寛解〟（注2）とあった。

私の命が再び助かったのは、多くの医療従事者の方の使命感に支えられたからだ。

〝生、老、病、死〟の四苦の中でも、〝死ぬ〟ということは、生まれてきた者が必ず通る道。人間は〝死ぬために生まれてきた〟ということ。その死は、ある日突然、災難に遭遇し命を落とすこともある。

平成二十六年（二〇一四年）二月六日からの三日間は、薬の副作用で突然〝横紋筋融解症〟と腎機能障害になっており、あと数時間で死亡か、助かっても透析とのことだった。感謝のひと言である。

（注1）超急性期の脳梗塞発症において、四、五時間以内に血栓を溶かす「t－PA療法」は、t－PA（組織プラスミノゲン活性化因子）製剤を静脈に点滴して、脳の血管内に詰まった血栓を溶かす治療法である。

血栓が溶けると途絶えていた脳の血流が再開し、神経細胞のダメージを防ぐことができる。

平成十七年（二〇〇五年）にこの治療法が登場し、脳梗塞の治療は大きく変わったが、t－PAを投与すると出血しやすくなるなど、デメリットもある。適応になるのは脳梗塞発症から四、五時間内で、時間との戦い。

t－PA療法が奏功し、後遺症もなく以前の生活に戻っていける患者は増えたが、時間制限は厳しく、大きな血栓は溶かせない。そのためｔ－ＰＡ療法の対象になる人は、患者全体の数パーセントにとどまる。

しかも、明らかな効果がある患者はそのうちの約半数。運良く一命をとりとめても、麻痺が残ったり、呂律が回らないなどの後遺症が起きることも多いという。

ｔ－ＰＡを投与したものの、効くかどうかは神頼み……そんな現実があるのも事実のようだ。

ストロークケアユニットのある病院へ！　それが助かる道。

（注2）〝寛解〟とは、完治が難しく、長期治療が必要だったり、再発の危険性がある病気の診断に用いる言葉で、病気による症状や検査の異状が一時的に消失した状態をいう。

新型コロナウイルス

二〇一九年五月一日、皇太子徳仁《なるひと》親王殿下が新しい天皇陛下に即位され、元号が「令和」と改元された。

基本的には大きな変化のない日常の連続だ！　私は昭和十三年（一九三八年）生まれ。平成・令和の三代の御代に生きてきた。

この年の十二月に中国武漢で確認された新型コロナウイルス感染症は、瞬く間に世界中に拡大し、令和二年（二〇二〇年）初冬、コロナウイルスによって世界は一変し一億五〇〇〇万人以上が感染、三〇〇〇万人もの人たちが犠牲になった。

令和三年（二〇二一年）初夏には、従来の一・五倍以上のL４５２R変異株（デルタ株）のコロナが蔓延し始め、私の住む東京は七月十一日から八月二十二日まで外出自粛になった。

一時は収束に向かっていたデルタ株は、新しいオミクロン株に変異、令和四年（二〇二二年）にはステルスオミクロン株（BA・2株）となって脅威を増し、都民の感染者は日ごとに増えて予断を許さない。

緊急事態宣言が出されてからは、持病の処方箋をもらうのと、MR・CT・超音波・血液検査での通院以外は自宅にこもり、老いて多くの疾病を持つ身の寂しさに胸が押し潰されそうになり、精神安定剤を服用しても何かに縋りつきたくて、心の乱れを統一するために自分史『弾丸列車』を一日も早く世に出すべく、しびれる右手を酷使して、どうにか書き綴っている。

一時は全国の感染者が一日に最大二万五〇〇〇人を超え、その後、二万人以上の日が十日間を超えた（その後、日に二十万人以上の感染者が発生した時期も出てきた）。

私の住む東京では『緊急事態宣言』が発令され、二十二日の『まん延防止等重点措置』は三十四に及んだ。手指の消毒、マスク着用、『三密』の防止にワクチン接種など、コロナとの闘いが続いた。五十年来通院の病院は『コロナ専門病院』となり、その中を恐れ揺れる感情をコントロールしながら通院する私。心身が疲弊《ひへい》するが、今が我慢のしどころと耐え忍ぶ。

新型コロナウイルスの新規感染者数が全国的に減少傾向になった令和三年（二〇二一年）来、少しずつ元の生活へと回復しつつあったが、一時、激変したコロナがBA・1〜BA・5という新種で速い速度で年末から新年にかけて増えてきた。私は第六波が来ないよう祈り、年末・年始は家に閉じこもり過ごした。

テレビをつけると五度の感染の波や変異の猛威を経験し、経済がストップしたように見られたが、故郷に帰る人、子を親に見せる人々が新幹線に溢れていた。

それを見て手放しで喜んでいいのか？

世界ではニューヨーク、パリ、ロンドンで、感染者が桁外れに多い。令和四年（二〇二二年）の世界は大丈夫かと密かに心配する。

麻雀教室

居住地の新宿区が毎月五日、十五日、二十五日の月に三度、〝公報新宿〟を配達してくれる。令和四年（二〇二二年）年九月に麻雀教室の募集があり、仲間に入る。十月末に室内で胸の三番目の骨を骨折した。楽しみの麻雀は来年正月からで、骨折の痛みより麻雀が楽しみ！

令和五年（二〇二三年）一月からやっと週に一度、頭の体操に麻雀を……思うようにいかないが、参加することで認知症の予防にもなる。そして五月と六月に役満が！　十二月にも！　……まぐれと思うが嬉しい。

今年の麻雀教室は十二月二十八日（木）が終わりで、正月は四日から。毎年寝正月だが、麻雀ができてベッド生活から脱出。

良いことがもうひとつできた。そこで美しくやさしい人と友達になれた。その人の紹介で〝片岡ひろみ歌謡教室〟にも参加。月に第一と第三の月曜日十三時半から二時間。まず挨拶！　軽い体操。首を回し肩をくるくる、腰もくりくり、身体が軽くなる。

発声「ア！　ア！　ア！、アーエーイーオーウー、パ！　パ！　パ！」。認知症予防になる。

その月に合う歌、〝秋の夕日に照る山紅葉……〟着席をし、その月の課題曲を一緒に唄う。

次の回は前に出て一人ずつ唄うのだが、力量以上に見せようと邪念が入り、かえって声は脱線。自然体と思うが声がいうことをきかない！　声だけは元気な私である。

麻雀の会と歌謡教室に出合い、二つも生き甲斐ができて毎週が楽しい。月に五〜六回の通院で心が淋しく沈みがちだったが……。小学一年生の気持ちで心はルンルン、楽しい。

さて、令和六年（二〇二四年）はどんな楽しみが待っているか！　多くの病気があるが、〝負けてたまるか！〟の気持ちで……。

十一月六日（月）午前、広尾病院へ。午後、歌謡教室

〃七日（火）午後、原記念クリニック井口院長の高血圧のお勉強！

〃八日（水）午後、〝弾丸列車〟を執筆する

〃九日（木）九時〜十六時、麻雀

〃十日（金）十一時半の護摩たき（高幡不動尊）

〃十一日（土）歯科へ

今週は、てんてこ舞いの忙しさ!!　体調ガンバレ！

自助・共助・公助の時代

新型コロナ軽症、中等症医療において注意すべきは、発熱より〝血液中の酸素濃度〟を測定する〝パルスオキシメータ〟の数値。九十パーセント未満は呼吸不全状態で、長期に放っておくと酸素が臓器に十分供給されず死亡に至るとのこと。コロナが恐いのは、息苦しさや息切れなどの自覚症状がないまま低酸素血症になり、重症化すること。

五類の今はマスクも自由になったが、数多くの基礎疾患のある私はマスク、手洗い、うがいの毎日である。

新型コロナ騒ぎが収まり、令和五年（二〇二三年）三月十三日以降、マスク着用は個人の主体的な選択を尊重し、個人の判断になったが、外を歩く人もテレビに映る人の多くもマスクをしている。また、免疫力にとって体温も重要で、体温が一度下がると免疫力は三十パーセント低下すると言われる。テレビをつけると、「外国からの観光客も日増しに増え、経済もゆっくりだが回復しつつある」などと報道しているが、手放しで喜んでいいものか……。

国連のグテーレス事務総長が「地球は温暖化から沸騰化になった」と述べた。

地震、台風、水害など〝自然災害多発時代〟にあって、防災は生き残る力、生きぬく力である。

今は個を大切にする時代だが、大事の時に互いに支えとなるのが災害時にいる身近な人との助け合い。自助・共助・公助の時代である。

いくつもの〝命〟にかかわる病を持つ私が、生と死の谷間で二度も生還ができたのは、多くの奇跡。令和の時代は自助・共助・公助の今、脂質異常の薬、医師の処方したタナベの〝チタン〟を三ヶ月飲み、風呂場のタイルに横紋筋融解症で八十余時間の壮絶な体験をし、その後に携帯は身近に自分の身は一番の医師異変を感じたら、明日と日延べせず即、一一九番へ行動をする。

名医がいても病院へたどり着かない、助かる命もエンドになる。

私は今、命をいただいている奇跡を噛み締め、書きとめている。

〝ひとの生を受くるは難く、
やがて死すべきものの
いま、生命あるは有り難し〟
(お釈迦様の言葉より)

入院は怖い

在宅高齢者の入院の背景に低栄養が！

私が肺炎を患っても重病に陥らず軽症で済んだのは、発病の三ヶ月前に七十五歳以上が対象で六年に一度の肺炎球菌ワクチンの無料接種を済ませていたおかげだ。必要なタンパク質、カロリーは十分にあり、フレイルサイクルにはなっていない。高齢者は少し太っていたほうが死亡リスクは低いとのことだ。私のＢＭＩは22だが、25～30で死亡リスクが低くなると。この猛暑の中、一番食事に気を遣い、十月まで続きそうな酷暑を乗りきるために三食を手作りしてモリモリ食している。

高齢者はよく入院する、内訳は五〇パーセントが肺炎と骨折。肺炎で入院すると三割弱が病院で死亡し、骨折は一割弱が亡くなるという。高齢者は若い人に比べて入院期間が長くなり、『入院関連機能障害』の病名が付く。入院をきっかけに、がたがたと階段状に衰弱し、身体機能、認知機能が低下する。これは『入院関連機能障害』という病名。その要因は、
一、〝リロケーションダメージ〟…環境変化によるストレス、極度な緊張や適応障害に、認知症が進行する。
二、〝医療性サルコペニア〟に！　…医療が原因で起こる筋肉減少症。十日間入院で七年分の老化が進む（骨格筋が失われる）という。

祈りとご加護

私は数えきれないほど、生命《いのち》を神仏から救ってもらい今を生きている。

ある日、外階段の上から足を滑らせ真っ逆さまに落ちた時、心の中で御本尊〝不動明王様〟の御真言のうちの〝のうまくさんまんだ、せんだん、まかろしゃだ、そわたや、うんたらた、かんまん〟を心の中で唱えた。その時、届くはずのない手摺に間一髪、届いたのだ。あのまま九段も下へ頭から逆さまに落ちていたら、脳挫傷と出血多量で生命《いのち》はなく、こうしてペンを持つこともなかったと思う。毎朝毎晩はいうに及ばず、何をする時も、いつも御本尊の御真言を唱え続けている。

私は右足が三センチ短いゆえに足が絡み、転倒しそうな時に、誰かが私を抱えるような気がする。私は勝手に不動明王様だと思っている。

九月初めまで猛暑、酷暑が続くとテレビで見聞きするが、涼しくなったら新宿駅から京王線の特急で三十分弱の高幡不動駅で降り、五分ほどの真言宗智山派別格本山〝高幡不動尊金剛寺〟さんへ行こうと思っている。十一時半からの護摩焚《た》きに参加して、三十分間、杉田純一貫主様の唱える『般若心経』、御本尊御真言を心の中で一緒に唱える時の幸せを噛み締め、護摩焚きの炎が私に明日も元気に生き抜くエネルギーとなるだろう。そして、そのご加護によって、数多くの疾病を抱えても私は一見、元気に見えるのである。

毎朝毎晩、懺悔と祈りを続ける私。両親、兄の冥福を祈りながら、平之内家の墓守として真摯に生きることを目指し、身体はボロボロだが、せめて心だけでも元気・やる気・勇気・ニコニコ・やさしさを忘れず、一期一会で出会ったすべての方々と共に楽しく生きていきたい。

私の病歴年表

昭和十三年　（一九三八年）一月七日生まれ。

昭和十七年　（一九四二年）名古屋日赤にて腹膜ＯＰ手術。

昭和三十五年（一九六〇年）虎ノ門病院にて変形性関節症による骨切り術で八ヶ月入院。

昭和三十六年（一九六一年）湯河原厚生年金病院で二年半のリハビリ入院。

昭和三十九年（一九六四年）盲腸手術。

昭和六十一年（一九八六年）右股関節機能全廃障害四級となる。

平成七年　（一九九五年）過換気症候群、自律神経失調症（現在も広尾病院に不安症で通院中）。

平成八年　（一九九六年）立て続けに交通事故に遭う。都バス車内で急加速により転倒、タクシードアに脚を挟まれ負傷、停車中のタクシーに単車が追突して鞭打ちに（現在も広尾病院へ腰部脊椎管狭窄症で通院中）。

平成二十三年（二〇一一年）都立荏原病院で子宮筋腫。

平成二十五年（二〇一三年）都立広尾病院内科にて脂質異常症の薬、プラバスタチンＮａ塩錠「タナベ」を処方、十月二十八日より服用。

平成二十六年（二〇一四年）二月六日十九時半、風呂場で突然、薬の副作用により倒れる。横紋筋融解症、腎機能障害で九日まで三日三晩、生死をさまよう。

十月　ヘリコバクターピロリ菌に感染。

平成二十七年（二〇一五年）厚生中央病院で白内障（左）の手術。

平成二十八年（二〇一六年）アテローム血栓性脳梗塞になり、広尾病院でｔ－ＰＡによる治療。

平成二十九年（二〇一七年）〃　上行・下行結腸メラノシス萎縮性胃炎ピロリ感染除菌。

平成三十年（二〇一八年）〃　右首リンパ腺腫瘍、〇・五センチ一個　〇・四五センチ四個。

平成三十一年（二〇一九年）広尾病院末梢動脈疾患（ＡＢＩ検査）。

令和二年（二〇二〇年）〃　腰部脊柱管狭搾症。

令和三年（二〇二一年）〃　高血圧症。

令和四年（二〇二二年）〃　肋骨骨折。

令和五年（二〇二三年）〃　二〇一八年の右首リンパ腺五つとも二センチの腫瘍。

令和六年（二〇二四年）〃　白内障右目手術。


コロナ禍でも、脂質異常症、脳梗塞、高血圧など五～六科へ、薬をいただきに通院中。

〝弾丸列車〟は走り続ける！

令和六年（二〇二四年）正月、七草で八十六歳に。時は等しく人々に訪れる。ここまで紡いできた私の記憶は薄れ散逸していく中、八十六年間を客観的に見つめ、還暦、古希、喜寿、傘寿を越え、まだ人生「百年時代」、あるはずのない永遠の命を求めて向かう先の米寿、卒寿、白寿、茶寿、目標の皇寿へと心は向き、多くの試練を越えるごとに〝臨終只今〟の覚悟で今を生きる。

尼僧で作家の故・瀬戸内寂聴さんが、〝人は人生の最期を迎える時、二十五メートルプールの五二九杯分の水を瞬時に沸騰させるほどのエネルギーを縁ある人に渡していく〟というようなことを書いていたのを何かで読んだ。

母がお産で妹を産む折、出血多量で共々に天に召された。だが三歳に満たない私を不憫に思ったのか、二人の魂は私に宿り、その瞬間から運命共同体として生きてきた。以来、紆余曲折、喜怒哀楽、すべてを三人で乗り越え、昭和の戦前、戦中、戦後、平成、令和の中で両手に余るほどの命の危機を救ってくれた。

いつの時代もぎりぎりに命を燃やし、三人で息づいてきたのだ。私の人生の自分史、『弾丸列車』は、荒波の中、前に立ちはだかるすべてを押しのけ、コロナ禍を全身全霊で邁進するために、記憶の回路をたどり、完成させることを目標に走り続ける。

誰が見ても包装紙は少々綺麗だが中身は消味・消費期限切れ。だがまだ熟成中だ。生きてきた八十六年間を振り返ってみれば、波瀾万丈と言い表す以上の人生。その坩堝《るつぼ》の波に呑み込まれ、流されて漂い、迷路の大海に沈み、そのつど踠き苦しみながら幾度も這い上がり、なんとか過ごしてきた年月の重み、見方を変えれば誰もが経験しない人生……。

戦時中、横浜大空襲の中、B29爆撃機からの無差別の攻撃、その戦火の中を中国北京へ。二年後の引き揚げ、戦後の悲惨でつらい体験が、今の私にとって、どんな深い谷底に落ちても這い上がる、気力と忍耐の礎となっている。

一瞬にしてすべてが儚いものとなる無常の世の中において、いくつになっても、これで終わりではない。好奇心を胸いっぱいに持ち、何気ない道端の草花を愛《め》で、移りゆく季節の中、色心を五感で嗅ぎ、自分の持つすべての思いの中で力の限り生き抜く、それが、この世に生を享けた私の願いである。

毎年のように押し寄せる疾患・貧困・老い等々、この人生は〝四苦・八苦〟の物語。

四苦とは、生老病死。八苦とは、四苦に加え、次の四つだ。

●愛別離苦《あいべつりく》……あの人との別れ
●怨憎会苦《おんぞうえく》……青春の嫌な思い
●求不得苦《ぐふとくく》……ある科の医師の拒絶
●五蘊盛苦《ごうんじょうく》……二歳児で母との死別、その後背負った悲しみ、嘆き、苦しみ

昭和、平成、令和の御代を生きている証しに、過ぎた日々を顧みれば、人は誰でもそれぞれの歩

んできた道筋に、尽きぬ喜び、深い悲しみが交々《こもごも》の物語としてある。

私の〝弾丸列車〟も限りある人生のレールを走る。過ぎたその時代時代の激動の中を跪き苦しみ、悲しみながら、自分なりに精いっぱい生きて、生き抜いてきた。その時々に出会った方々の助言で、女ひとり子を産み育てることができたのだ。その一人一人の方に感謝の思いが募る。

私は幼い頃から他人に求められる自分ではなく、自ら選んで進んできた。友情、愛情の絆を信じ、立ち止まらず前進し、生活し、働く。生きれば生きるほどに傷つき、傷つくことを恐れていては前に一歩も進めないと自分で考え、選んだ人生。

波乱は三歳から続く不運。でも私は〝波瀾万丈〟の道を二本のレールと共に進む。そのレールが私の夢舞台だから、右に左に交差し、その時代に沿って進む。数多《あまた》の状況下で紡いできた私の物語。

まだ走り続ける。〝茶寿〟に向かう二十三年間の物語を、私は楽しみながら、紡いでいく。今までもこれからも、〝悪戦苦闘〟の茨道でも、〝弾丸列車〟は走っては止まり、止まっては走り続ける。それが神仏から与えられた、平之内泰子の一生涯だから……。

この世は孤独な人間が織りなす〝森羅万象〟の世界。


（完）

あとがき

この本を書くことによって、過去の苦しい記憶とつながる負の感情に向き合うこととなり、忌まわしい出来事に囚われる自らの心の呪縛を解き放つこととなった。だからこそ、心の傷や苦悩を抱えた人々に、「孤独ではない！　自分は変わることができる！　人生を一歩一歩進められる！」と伝えたい。

限りある人生を主体的に実感しつつ、八十六歳の今を数々の病を背負いながら、しかし心を乱舞させている。体はヨレヨレ、歩きはヨタヨタ、右に左に揺れながら、しびれる手で舵を切り、目的地〝茶寿〟に向かって突き進む。必ず輝く明日が訪れる、と神仏に願い今を生きる。

人生は勝負。この社会も勝負。いくつになっても不屈の魂で走り続ける私の幸福は、財産や身分ではない。心の豊かさと強さは誰にも負けない自負がある。どんな逆境でも這い上がる強さと勇気。

弾丸列車は、心を燃やし、歓喜と躍動を両輪に、まだまだまっしぐらに突き進む。これまでの軌跡は人生の〝一歩〟にすぎない。

著者プロフィール

平之内 泰子（ひらのうち やすこ）

昭和13年1月七草生まれ。
激動の戦中は横浜大空襲に遭遇し、戦火の中を単身赴任の父が中国・北京より迎えに来て大陸へ渡るも、昭和20年8月15日に終戦を大陸で迎えたあとは、数多の苦難の果てにやっと最後の引き揚げ者名簿に載り、祖国日本へ！

弾丸列車

2024年7月15日　初版第1刷発行

著　者　平之内 泰子
発行者　瓜谷 綱延
発行所　株式会社文芸社
〒160-0022 東京都新宿区新宿1－10－1
電話 03-5369-3060（代表）
03-5369-2299（販売）

印刷所　株式会社フクイン

ISBN978-4-286-25431-9